ANDERSWOHIN
Eingang zur Zahlheim-Mine
Festung der Hüterin der Töne
INSEL DER VOREILIGEN SCHLÜSSE
ALTES GEIST-REICH
ALTE STRASSE
Meer des Wissens
DIE ANDEREN WELTEN INKLUSIVE EINER BESCHREIBUNG VERSCHIEDENER STÄDTE, FESTUNGEN UND REGIONEN EINSCHLIEßLICH DES GEIST-REICHS

ATRIUM

Norton Juster

DIE ABENTEUER VON MILO, TACK UND KACKERLACK

Illustriert von Jules Feiffer

Aus dem amerikanischen Englisch
von Ebi Naumann

Atrium Verlag · Zürich

MIX
Papier aus verantwortungsvollen Quellen
FSC® C083411

Neuausgabe
1. Auflage 2021

Das Buch erschien erstmals 1961 unter dem Titel
The Phantom Tollbooth bei Alfred A. Knopf, einem Imprint
von Random House Children's Books
Text von Norton Juster
Illustrationen von Jules Feiffer
Aus dem amerikanischen Englisch von Ebi Naumann
Satz: Greiner & Reichel, Köln
Druck und Bindung: CPI books GmbH, Leck
Printed in Germany
ISBN 978-3-85535-645-4

www.atrium-kinderbuch.com
www.instagram.com/atrium_kinderbuch_verlag

INHALTSVERZEICHNIS

1.	Milo	7
2.	Jenseits … aller Vorstellungen	15
3.	Willkommen in Wortopolis	33
4.	Tohuwabohu auf dem Marktplatz	47
5.	Über kurz oder lang	60
6.	Ma Kabers Geschichte	74
7.	Das königliche Bankett	85
8.	Freiwillige vor	98
9.	Schöne An- und Aussichten	110
10.	Eine farbenfrohe Sinfonie	120
11.	G.Töse und der Tschinn	139
12.	Das verstummte Tal der Töne	161
13.	Voreilige Schlüsse	182
14.	Der Dodekaeder weist den Weg	196
15.	Von null auf unendlich	212
16.	Eine halbe Portion und ein ziemlich schräger Vogel	224
17.	Verabschiebungskomitee	248
18.	Das Luftschloss	264
19.	Die Rückkehr von Sinn und Verstand	281
20.	Tschüss und Hallo	300
	Nachwort	306

1. MILO

Es war einmal ein Junge, der hieß Milo und wusste nichts mit sich anzufangen. Und das nicht bloß ab und zu, sondern eigentlich immer.

Saß er in der Schule, wollte er so schnell wie möglich raus, und war er endlich draußen, wünschte er sich nichts sehnlicher, als wieder in der Schule zu sein. Auf dem Heimweg dachte er an zu Hause, und kaum zu Hause angekommen, wollte er schon wieder weg. Wo immer er sich aufhielt – es zog ihn fort, und wenn er sich dann auf den Weg machte, fragte er sich, was er dort eigentlich verloren hatte. Nichts interessierte ihn wirklich – am allerwenigsten das, was gerade anstand.

Das ist doch alles die reinste Zeitverschwendung, meinte er, als er eines Tages mal wieder schlecht gelaunt von der Schule nach Hause trottete. *Warum soll man sich den Kopf darüber zerbrechen, wie man nutzlose Probleme löst? Und was bringt es schon, soundso viel Rüben von soundso viel Rüben abzuziehen oder zu wissen, wo Äthiopien liegt oder ob man Donaudampfschifffahrt nun mit zwei f schreibt, mit drei oder mit vier?* Und weil sich niemand die Zeit nahm, ihm das Ganze zu erklären, war er fest davon überzeugt, nichts sei sinnloser als das ständige Bemühen um immer mehr Wissen.

Während er so seinen trüben Gedanken nachhing und nach Hause eilte (denn obwohl er nie scharf darauf war, ausgerechnet dort zu sein, wohin er gerade seine Schritte lenkte, konnte es ihm nicht schnell genug gehen, dorthin zu gelangen), fragte er sich, warum die Welt, die doch eigentlich so groß war, einem manchmal so klein und öde vorkam.

Und was das Schlimmste ist, fuhr er traurig fort, *ich hab zu nichts Lust, weiß eigentlich nie, wo ich hinwill, und finde fast alles total langweilig.* Der Seufzer, mit dem er diesem letzten Gedanken Nachdruck verlieh, war so herzzerreißend, dass ein Spatz, der in der Nähe vor sich hin sang, ganz erschrocken innehielt und sich, so schnell er konnte, auf den Weg nach Hause machte, um sich im Kreis seiner Familie davon zu erholen.

Ohne ihnen Beachtung zu schenken, hastete Milo vorbei an den Häusern und Läden, die seinen Weg säumten, samt ihrem geschäftigen Treiben. Ein paar Minuten später kam er zu Hause an, rannte durch die Eingangshalle, sprang in den Aufzug – zweiter Stock, dritter Stock, vierter Stock, fünfter Stock, sechster Stock, siebter Stock, achter Stock – und wieder raus, riss die Wohnungstür auf, stürzte in sein Zimmer, ließ sich deprimiert auf einen Stuhl fallen und jammerte leise vor

sich hin: »Schon wieder so ein entsetzlich langweiliger Nachmittag.«

Missmutig ließ er seinen Blick über die Ansammlung von Sachen gleiten, die ihm gehörten. Über die Bücher, die zum Lesen viel zu anstrengend waren, die Werkzeuge, mit denen umzugehen er nie gelernt, das kleine Elektroauto, das er schon seit Monaten nicht mehr angerührt hatte – oder waren es Jahre? –, kurz: über den Riesenhaufen aufgetürmter Spiele, Schläger, Bälle und was an Krimskrams sonst noch über das ganze Zimmer verteilt auf dem Boden herumlag.

Und dann passierte es – ganz hinten in der Ecke, direkt neben dem Plattenspieler, erregte etwas seine Aufmerksamkeit, etwas, das er dort noch nie gesehen hatte.

Wer um alles in der Welt konnte ein so riesenhaftes und merkwürdiges Paket dort abgestellt haben? Denn obwohl es nicht wirklich eckig war – rund war es erst recht nicht. Und was seine Ausmaße betraf, so war es viel, viel größer als alle Pakete, die er je gesehen hatte.

An einer Seite klebte ein hellblauer Umschlag. Auf dem stand ganz einfach:

FÜR MILO, DER ZEIT HAT OHNE ENDE

Solltet ihr auch schon mal ein Überraschungspaket bekommen haben, könnt ihr euch sicher vorstellen, wie erstaunt und aufgeregt Milo jetzt war. Wenn ihr jedoch noch nie eins bekommen habt, dann spitzt die Ohren, denn irgendwann könnte es ja mal so weit sein.

Ja, ist denn heut schon mein Geburtstag?, fragte er sich. *Unsinn. Und bis Weihnachten ist es noch Monate hin. Und dass ich in letzter Zeit besonders nett war, kann man auch nicht sagen, ganz im Gegenteil.* (Was das betraf, machte er sich nichts vor.) *Zwar werd ich – so wie ich den Laden kenne – damit eh nichts anfangen können, aber da ich keinen Schimmer habe, wie und von wo es hergekommen ist, kann ich es auch nicht zurückschicken.* So oder so ähnlich dachte er noch eine ganze Weile darüber nach, und dann riss er den Umschlag auf. Aus Höflichkeit, sozusagen.

Original Mauthäuschen mit Schranke
Kinderleicht zu montieren, auch zu Hause
Für alle, die noch nie in anderen Welten waren

Andere Welten?, dachte Milo, *wo sollen die sein?* Dann las er weiter.

Dieses Paket enthält die folgenden Teile:
Ein (1) original Mauthäuschen mit Montageanleitung
Drei (3) Warnschilder (Achtung! Vorsicht beim Aufstellen!)
Eine Handvoll Münzen für die Mautgebühren
Eine (1) hochaktuelle Landkarte, von Meisterkartografen aufs Sorgfältigste angefertigt, verzeichnet Landschafts- ebenso wie Baumerkmale

Ein (1) Merkheft mit Anweisungen und Verkehrsregeln, die keinesfalls missachtet, übergangen oder gebrochen werden dürfen

Und ganz unten, so klein gedruckt, dass man es kaum lesen konnte:

Für Erfolge oder Folgen irgendwelcher Art kann keine Garantie übernommen werden. Bei Missfallen vertane Zeit zurück.

Milo befolgte die Montageanweisungen Schritt für Schritt, schnitt hier etwas aus, faltete dort etwas um, und schon nach kurzer Zeit hatte er das Mauthäuschen ausgepackt und aufgebaut. Er fügte die Fenster ein, setzte das Dach auf, sodass es an beiden Seiten ein wenig überstand, und befestigte den Münzautomaten. Zum Schluss sah das Ganze haargenau so aus wie die verschiedenen Zoll-, Maut- und Schalterhäuschen, die er auf den vielen Familienausflügen gesehen hatte. Bloß dass es natürlich ein ganzes Stück kleiner war und lila angestrichen.

Was für ein merkwürdiges Geschenk, dachte er sich. *Wenn sie wenigstens eine ordentliche Autobahn dazugepackt hätten oder einen Freizeitpark. So ist das Ding doch total unbrauchbar*. Weil es jedoch nichts gab, womit er sonst hätte spielen wollen, stellte er die drei Schilder auf:

Mautstelle – bitte langsam fahren

Gebührenpflichtig! Passende Münzen bereithalten

Reiseziel im Kopf haben

Dann faltete er behutsam die Landkarte auseinander.

Und tatsächlich, die Karte war wunderschön, ganz so wie im Beipackzettel versprochen. In bunten Farben waren dort Hauptstraßen verzeichnet, Flüsse und Seen, kleine und große Städte, Berge und Täler, Kreuzungen und Umleitungen sowie Sehenswürdigkeiten von besonderem historischen Interesse oder außergewöhnlicher Schönheit.

Das einzig Dumme daran war, dass Milo von keinem der auf der Karte verzeichneten Orte je gehört hatte. Sogar die Namen selbst klangen äußerst merkwürdig.

Dieses Land gibt es überhaupt nicht, befand er, nachdem er alles sorgfältig studiert hatte, *jede Wette. Na, ist ja auch egal.* Und dann schloss er die Augen und ließ seinen Zeigefinger auf die Karte sausen.

»Wortopolis«, las Milo langsam, als er nachsah, wo sein Finger gelandet war. *Na gut. Fahr ich eben dorthin – ist eh gehupft wie gesprungen.*

Er stapfte durchs Zimmer und wischte vorsichtig den Staub von seinem Elektroauto. Dann nahm er die Landkarte und das Merkheft, sprang hinters Steuer und fuhr, da er eh nichts Besseres zu tun hatte, langsam auf das Mauthäuschen zu. Als er seine Münze einwarf und die Schranke den Weg frei gab, bemerkte er mit leiser Wehmut: »Ich hoffe bloß, das Spiel ist auch interessant, sonst langweile ich mich heute Nachmittag wieder mal zu Tode.«

2. JENSEITS …
ALLER VORSTELLUNGEN

Ehe er sich's versah, sauste Milo eine Landstraße entlang, die er noch nie zuvor gesehen hatte. Er blickte zurück, doch vom Mauthäuschen und seinem Zimmer war nichts mehr zu sehen. Nicht einmal sein Wohnhaus konnte er noch entdecken. Was sich eben noch in seinen Gedanken abgespielt hatte – war jetzt Wirklichkeit.

Ganz schön merkwürdig, dachte er (so wie ihr jetzt sicher auch). *Dieses Spiel ist ja verrückter, als ich dachte. Da flitz ich eine Straße entlang, die mir völlig unbekannt ist, fahre in eine Gegend, von der ich noch nie gehört habe, und alles bloß, weil plötzlich ein Mauthäuschen in meinem Zimmer herumsteht. Keine Ahnung, von wem und warum. Zum Glück spielt wenigstens das Wetter mit.*

Und tatsächlich: Das war im Moment das Einzige, was er mit Sicherheit sagen konnte. Die Sonne glitzerte, am Himmel ließ sich kein Wölkchen blicken, und er konnte sich nicht daran erinnern, jemals so satte und leuchtende Farben gesehen zu haben. Die Blumen strahlten, als hätte man sie gerade erst geputzt und auf-

poliert, und die Bäume, die links und rechts der Straße in den Himmel ragten, schimmerten in silbrigem Grün.

WILLKOMMEN IN FORT STELLUNGEN

stand mit sorgfältig gemalten Buchstaben auf einem Schild an einem kleinen Haus am Straßenrand.

FÜR INFORMATIONEN, VORHERSAGEN UND RATSCHLÄGE
ALLER ART STEHEN WIR IHNEN GERN ZUR VERFÜGUNG.
HIER ANHALTEN UND HUPEN.

Gleich beim ersten Hupen kam ein kleiner Mann in langem Mantel aus dem Haus geschossen. Er sprach unvorstellbar schnell und wiederholte sich ständig:

»Oi, oi, oi, oi, oi, willkommen, willkommen, willkommen, willkommen in Fort Stellungen, in Fort Stellungen, in Fort Stellungen. In letzter Zeit haben wir kaum noch Besucher, kaum noch Besucher. Nun. Was kann ich für dich tun? Ich bin der Ob-Mann, der alles weiß und alles kann.«

»Ist dies der richtige Weg nach Wortopolis?«, fragte Milo, dem die überschwängliche Begrüßung fast die Sprache verschlug.

»*Ob* dies der richtige, *ob* dies der richtige Weg, *ob* dies der richtige Weg nach Wortopolis ist«, begann der kleine Mann aufs Neue. »Ich weiß von keinem falschen Weg nach Wortopolis. Wenn dieser Weg also überhaupt nach Wortopolis führt, muss es wohl der richtige sein. Und wenn nicht, dann muss es der richtige Weg irgendwo anders hin sein, denn es gibt keinen falschen Weg irgendwohin. *Ob* es wohl regnen wird?«

»Ich dachte, Sie sind der Obmann, der alles weiß und alles kann«, sagte Milo ziemlich irritiert.

»Aber nicht doch«, meinte der kleine Mann. »Ich bin der Ob-Mann, nicht der Obmann. Denn viel wichtiger, als zu erfahren, *wie* das Wetter wird, ist es, herauszufinden, *ob* es das Wetter überhaupt noch geben wird.« Und

damit ließ er ein Dutzend Luftballons in den Himmel steigen. »Wolln doch mal sehen, von wo der Wind weht«, kicherte er, als die Ballons in alle Richtungen davonflogen.

»Was hat es mit Fort Stellungen eigentlich auf sich?«, fragte Milo, dem das Ganze mittlerweile mehr als spanisch vorkam und der sich langsam fragte, ob der kleine Mann noch alle beisammenhatte.

»Gute Frage, gute Frage«, rief dieser begeistert. »Ohne *Vorstellungen* macht man sich nie dorthin auf, wo man hinwill. Andererseits: Obwohl keiner, der irgendwo hinwill, an konkreten *Vorstellungen* vorbeikommt, kommt jeder, der irgendwo hinwill, an *Fort Stellungen* vorbei. Es gibt natürlich auch Leute, die nie über ihre *Vorstellungen* hinauskommen, aber mein Job ist es, ihnen Beine zu machen, *ob* ihnen das nun passt oder nicht. *Ob* ich wohl sonst noch was für dich tun kann?«

Bevor Milo noch etwas darauf antworten konnte, verschwand der Ob-Mann im Haus, bloß um Sekunden später wieder auf der Bildfläche zu erscheinen, mit neuem Mantel und einem Schirm.

»Danke, ich finde meinen Weg schon alleine«, sagte Milo, obwohl er sich da ganz und gar nicht sicher war.

Aber weil er keinen blassen Schimmer hatte, wovon der kleine Mann eigentlich die ganze Zeit redete, hielt er es für vernünftiger, einfach weiterzufahren – wenigstens so lange, bis er auf jemanden traf, dessen Sätze nicht so klangen, als ergäben sie von vorn gelesen genauso wenig Sinn wie von hinten.

»Prachtvoll, prachtvoll, prachtvoll«, rief der Ob-Mann. »*Ob* du *deinen* Weg nun findest oder nicht – *einen* Weg wirst du auf jeden Fall finden. Und solltest du zufällig *meinen* Weg finden, bring ihn bitte zurück. Er ist mir nämlich schon vor Jahren verloren gegangen. Ist mittlerweile wahrscheinlich längst verrostet. Du meinst also, es würde regnen, ja?« Und damit spannte er seinen Schirm auf und begleitete Milo zu dessen Auto.

»Bin froh, dass du deine Entscheidung allein getroffen hast. Ich hasse es nämlich, mir ständig den Kopf darüber zerbrechen zu müssen, *ob* etwas gut ist oder schlecht, oben oder unten, drinnen oder draußen, *ob's* regnet oder *ob* die Sonne scheint. Am besten, man rechnet mit allem, sag ich immer, dann kann einem nichts zustoßen, mit dem man nicht gerechnet hatte. Bitte, fahr vorsichtig; ich halt solang die Stellung, und tschüss, und tschüss, und tschüss, und …« Sein letztes »Tschüss« ging in einem enormen Donner unter, und als Milo Fort Stellungen bei strahlender Sonne hinter sich ließ, konnte er sehen, dass der Ob-Mann inmitten eines heftigen Wolkenbruchs stand, der sich ausschließlich über ihn zu ergießen schien.

Die Straße senkte sich in ein breites grünes Tal und erstreckte sich bis zum Horizont. Das kleine Auto flog nur so dahin. Milo konnte fahren, so schnell er wollte, und musste dazu nicht mal richtig Gas geben. Er war froh, wieder unterwegs zu sein.

Eine Zeit lang in Vorstellungen zu verweilen, ist schon okay, aber den ganzen Tag mit diesem ulkigen Mann zu reden, bringt mich ganz sicher nicht ans Ziel. Das war ja wohl der seltsamste Kerl, dem ich je begegnet bin, dachte er, ohne zu ahnen, auf wie viel mehr seltsame Gestalten er schon bald treffen würde.

Während er Kilometer für Kilometer der sich friedlich vor ihm hinziehenden Landstraße hinter sich ließ, verlor Milo sich zunehmend in Tagträumen und achtete immer weniger darauf, wohin er eigentlich fuhr. Über kurz oder lang schenkte er seinem Weg überhaupt keine Beachtung mehr, und so war es eigentlich kein Wunder, dass er an einer Gabelung, bei der er nach links hätte fahren sollen, den rechten Weg einschlug, einen Weg, der ihm schon wenig später recht falsch vorkam.

Kaum hatte er nämlich die Landstraße verlassen, schon fing alles an, sich zu verändern. Während der Himmel langsam ergraute, schien auch die Landschaft um ihn herum ihre Farbigkeit zu verlieren und einen einzigen schmutzigen Farbton anzunehmen. Über allem lastete eine dumpfe Stille. Selbst das Gezwitscher der Vögel machte grauen Gesängen Platz, und das ständige Hin und Her der leicht ansteigenden Straße bildete ein Band nicht enden wollender Kurven.

Er fuhr

Kilometer

um Kilometer

um Kilometer

um Kilometer, und dabei bewegte sich das Auto im-

mer langsamer und langsamer, bis es kaum noch vorankam.

»Sieht ganz so aus, als käme ich nirgendwohin«, gähnte Milo und wurde ganz matt und schläfrig. »Hoffentlich hab ich nicht den falschen Weg genommen.«

Kilometer

um Kilometer

um Kilometer

um Kilometer wurde alles immer grauer und eintöniger. Schließlich kam das Auto gänzlich zum Stehen. Sosehr Milo sich auch bemühte, es bewegte sich keinen Zentimeter mehr vom Fleck.

»Möcht bloß wissen, wo ich bin«, sagte Milo ziemlich beunruhigt.

»Du bist … in … Pa…ra…ly…si…en«, jammerte eine Stimme wie von ferne.

Mit einem Ruck schaute er sich um, denn er wollte herauskriegen, wer da gesprochen hatte. Aber weit und breit war kein Mensch zu sehen, und es war so ruhig und still wie nur möglich.

»Ja …, Pa…ra…ly…si…en«, gähnte eine andere Stimme, doch entdecken konnte Milo immer noch niemanden.

»WAS IST PARALYSIEN?«, rief er laut und blickte angestrengt in die Gegend, um sehen zu können, wer ihm darauf antworten würde.

»Paralysien, mein junger Freund, ist, wo nichts jemals passiert und sich niemals etwas ändert.«

Diesmal kam die Stimme von so nah, dass Milo vor Verwunderung in die Höhe fuhr, denn auf seiner rechten Schulter hatte es sich ein kleiner Kerl bequem gemacht. Er hatte genau die gleiche Farbe wie das Hemd, auf dem er saß, und war so leicht, dass Milo ihn kaum spürte.

»Darf ich uns vorstellen«, fuhr der Kleine fort, »wir sind die Lethargianer, stets zu Diensten.«

Milo schaute sich um, und erst jetzt bemerkte er, dass die Kerle ihn zu Dutzenden umringten – sie lagen auf seinem Auto, standen auf der Straße und lungerten auf Büschen und auf Bäumen. Sie waren nur sehr schwer zu erkennen, denn vor oder auf was auch immer sie saßen, es hatte genau die gleiche Farbe wie sie selbst. Sie glichen einander wie ein Ei dem anderen (bis auf die Farbe natürlich), und manche glichen einander sogar mehr als sich selbst.

»Freut mich, euch kennenzulernen«, sagte Milo, war sich aber gar nicht so sicher, ob er wirklich froh darüber war. »Ich denke, ich habe mich verirrt. Könnt ihr mir vielleicht helfen?«

»Sprich bloß nicht von Denken«, sagte ein Lethargianer, der sich auf Milos Schuh niedergelassen hatte, denn der auf seiner Schulter war in der Zwischenzeit eingeschlafen. »Das verstößt gegen das Gesetz«, fuhr der neue gähnend fort, bevor er ebenfalls einschlummerte.

»In Paralysien ist das Denken absolut verboten«, ergänzte ein dritter, dem dabei aber auch bereits die Augen zuklappten. Und so fiel jeder, sobald er etwas gesagt hatte, sofort in den Schlaf, und der nächste ergriff das Wort, fast ohne Pause.

»Hast du denn kein Merkheft? Paragraf 175389 Absatz J.«

Milo zog eilig das Merkheft aus seiner Tasche, schlug nach und las:

> **§ 175389 Absatz J**
> Solange man sich in Paralysien aufhält, ist es verboten, unmoralisch und gegen das Gesetz, A) zu denken, B) übers Denken nachzudenken, C) Mutmaßungen anzustellen, D) Argumente vorzubringen, E) zu meditieren oder F) zu spekulieren. Jede Zuwiderhandlung wird strengstens bestraft!

»Was für ein lächerliches Gesetz«, entrüstete er sich. »Das Denken verbieten zu wollen. Das tut doch schließlich jeder.«

»Wir nicht«, riefen alle Lethargianer wie aus einem Mund.

»Und *du* auch nicht. Jedenfalls meistens«, gab einer der Wichte von sich. Er war leuchtend gelb und hatte es sich in der Blüte einer Narzisse bequem gemacht. »Genau darum bist du doch hier. Du warst unaufmerksam, und nachgedacht hast du auch nicht. Solche Leute landen oft in Paralysien.« Und schon kippte er aus seiner Blüte und rollte schnarchend ins Gras.

Obwohl Milo wusste, dass sich so was eigentlich nicht gehörte, konnte er sich das Lachen nicht verkneifen. Das Ganze war aber auch wirklich zu komisch.

»Hör sofort auf damit«, fuhr ihn der karierte Kerl an, der sich an seinem Strumpf festhielt. »Lachen verstößt gegen das Gesetz. Hast du denn kein Merkheft? Paragraf 574381 Absatz W.«

Wieder kramte Milo das Heft hervor und schlug die entsprechende Seite auf:

> **§ 574381 Absatz W**
> In Paralysien ist Lachen verpönt und Lächeln nur an jedem zweiten Donnerstag erlaubt. Jeder Verstoß dagegen wird mit aller Härte verfolgt.

»Wenn ihr nicht lachen und nicht denken dürft, was dürft ihr dann überhaupt?«, fragte Milo.

»Alles, solange es nichts ist, und was auch immer, es

sei denn, es ist was«, erklärte der Nächste. »Wir stecken bis über beide Ohren in Arbeit und haben einen sehr engen Terminplan …«

»Um 8 Uhr stehen wir auf und verbringen …«

»… von 8:00 bis 9:00 mit Tagträumen.«

»Von 9:00 bis 9:30 halten wir unser frühes Vormittagsschläfchen.«

»Von 9:30 bis 10:30 trödeln wir herum und warten erst mal ab.«

»Von 10:30 bis 11:30 halten wir unser spätes Vormittagsschläfchen.«

»Von 11:30 bis 12:00 warten wir, bis es so weit ist, das Mittagessen zu uns zu nehmen.«

»Von 1:00 bis 2:00 hängen wir rum.«

»Von 2:00 bis 2:30 halten wir unser frühes Nachmittagsschläfchen.«

»Von 2:30 bis 3:30 verschieben wir auf morgen, was wir heute solln besorgen.«

»Von 3:30 bis 4:00 halten wir unser spätes Nachmittagsschläfchen.«

»Von 4:00 bis 4:30 lungern und faulenzen wir herum.«

»Von 4:30 bis 5:00 lassen wir fünfe gerade sein bis zum Abendessen.«

»Von 6:00 bis 7:00 stehlen wir dem lieben Herrgott die Zeit.«

»Von 7:00 bis 8:00 halten wir unser frühes Abendschläfchen, und die Stunde danach, bevor wir um 9:00 endlich ins Bett gehen können, verbummeln wir.«

»Du siehst, da bleibt so gut wie keine Zeit übrig zum Vor-sich-hin-Brüten, Aufschieben, Grübeln oder Vertun, und wenn wir nun auch noch denken oder lachen müssten, würden wir ja nie nichts auf die Reihe kriegen.«

»Du meinst wohl, nie *etwas* auf die Reihe kriegen«, verbesserte ihn Milo.

»Wir wollen doch gar nicht *etwas* auf die Reihe kriegen«, blaffte ihn der nächste an. »Wir wollen *nichts* auf die Reihe kriegen, und das schaffen wir auch sehr gut ohne deine Hilfe!«

»Sieh mal«, fuhr der Nächste fort und klang schon etwas versöhnlicher. »Es ist wirklich reichlich anstrengend, den ganzen Tag nichts zu tun. Deshalb nehmen wir uns einen Tag die Woche frei und machen uns auf nach nirgendwo, und dorthin waren wir gerade unterwegs, als du hier aufgetaucht bist. Hast du nicht Lust mitzukommen?«

Warum eigentlich nicht?, dachte Milo, *hat ja ganz den Anschein, als würde ich sowieso dort landen.*

»Sagt mal«, gähnte er, denn mittlerweile hätte auch er nichts gegen eine Mütze voll Schlaf einzuwenden gehabt, »tun denn hier alle nichts?«

»Alle bis auf den entsetzlichen AufWachhund«, antworteten die nächsten beiden und zitterten im Chor. »Der schnüffelt hier dauernd rum, reißt uns aus dem Schlaf und passt auf, dass niemand seine Zeit vertut. Ein äußerst unangenehmer Geselle.«

»Ein Aufwachhund, was soll das sein?«, fragte Milo spöttisch.

»DER AUFWACHHUND!«, brüllte ein anderer und fiel vor Angst in Ohnmacht, denn just in diesem Moment kam besagter Hund, von dem gerade die Rede war, unter wütendem Gebell und eine große Staubwolke hinter sich aufwirbelnd die Straße heruntergerannt.

»HAUT AB!«

»WACHT AUF!«

»NICHTS WIE WEG!«

»DA KOMMT ER!«

»DER AUFWACHHUND!«

Mit lautem Geschrei stoben die Lethargianer davon, in alle Himmelsrichtungen, und in Nullkommanichts waren sie alle wie vom Erdboden verschluckt.

»R-R-R-O-O-A-A-R«, donnerte der AufWachhund, während er laut hechelnd und keuchend auf das Auto zupreschte.

Milo fielen fast die Augen aus dem Gesicht vor Staunen, als er vor ihm stehen blieb: ein riesiger Hund mit einem ganz normalen Kopf, vier Beinen, einem Schwanz und – jetzt kommt's – einem laut vor sich hin tickenden Wecker als Körper.

»Was hast du hier zu suchen?«, knurrte der AufWachhund.

»Nichts Besonderes, bloß die Zeit totschlagen«, ant-

wortete Milo und hob entschuldigend die Hände. »Es ist nämlich …«

»DIE ZEIT TOTSCHLAGEN!?!«, brüllte der Hund. So laut, dass der Wecker zu rasseln anfing. »Schlimm genug, die Zeit zu vergeuden. Da muss man sie doch nicht auch noch totschlagen.« Er schüttelte sich vor Entsetzen bei dem Gedanken. »Was machst du überhaupt hier in Paralysien – hast du kein Zuhause?«

»Ich war auf dem Weg nach Wortopolis, doch dann bin ich hier hängen geblieben«, erklärte Milo. »Kannst du mir nicht weiterhelfen?«

»Dir weiterhelfen! Willst du mich etwa aufziehen?! Das musst du schon selber tun«, antwortete der Hund und zog sich dabei behutsam selber auf – mit seiner linken Hinterpfote. »Ich nehme an, du weißt, warum du hier stecken geblieben bist.«

»Hab wahrscheinlich einfach nicht nachgedacht!«

»EX-AKT«, blaffte der Hund, während er schon wieder losrasselte. »Dann weißt du ja, was du zu tun hast.«

»Leider nein«, sagte Milo kleinlaut und kam sich reichlich dumm vor.

»Na ja«, meinte der AufWachhund ungeduldig. »Da du hier gelandet bist, weil du *nicht* nachgedacht hast, läge doch der *Gedanke* nahe, dass du, um hier wegzukommen, anfangen musst zu *denken*.« Und damit machte er einen Satz und sprang ins Auto.

»Was dagegen, wenn ich mich reinsetze? Ich liebe kleine Ausflüge mit dem Auto.«

Milo fing an, mit aller Macht nachzudenken (was sich als schwerer herausstellte, als er gedacht hatte, weil ihm die Übung fehlte). Er dachte an Vögel, die schwimmen, und Fische, die fliegen. Er dachte an das Mittagessen vom Tag zuvor und das Abendbrot von morgen. Er dachte an Wörter, die mit J anfangen, und Zahlen, die mit 3 enden. Und wie er so nachdachte, fingen die Räder ganz plötzlich an, sich zu drehen.

»Wir fahren, wir fahren«, rief er glücklich.

»Willst du wohl weiterdenken«, knurrte der Auf-Wachhund.

Und wirklich, je angestrengter Milo nachdachte, desto schneller ging es die Straße hinunter. Im Nu hatten sie Paralysien hinter sich gelassen und befanden sich wieder auf der Landstraße. Die Farben hatten ihre alte Pracht zurückgewonnen, und während sie die Straße entlangflitzten, dachte Milo an dies und das und alles Mögliche: an die vielen Umwege, die überall lauerten, und wie leicht man an der falschen Stelle abbiegen konnte, wie schön es war, voranzukommen, und, vor allem, was man mit ein klein wenig Nachdenken so alles erreichen konnte. Währenddessen lehnte der Hund sich zurück, hielt seine Nase in den Wind und tickte wachsam vor sich hin.

3. WILLKOMMEN IN WORTOPOLIS

»Tut mir leid, wenn ich etwas ruppig rüberkomme«, sagte der AufWachhund, nachdem sie ein Weilchen gefahren waren, »aber es gehört sich nun mal für einen Wachhund, die Zähne zu zeigen …«

Milo war so erleichtert darüber, Paralysien hinter sich gelassen zu haben, dass er dem Hund versicherte, ihm nicht böse zu sein. Im Gegenteil – jetzt, wo er wusste, wie dieser tickte, war er ihm sogar dankbar für dessen Beistand.

»Das Leben ist eine Wucht«, rief der AufWachhund. »Besser könnt es nicht sein – wir werden uns auf dieser Reise sicher prima vertragen. Du kannst Tack zu mir sagen.«

»Seltsamer Name für einen Hund, der den ganzen Tag nur ticktickticktickticktickt«, sagte Milo. »Warum haben sie dich nicht einfach …«

»Nein«, stieß der Hund hervor. »Sprich's nicht aus!« Und Milo sah, wie ihm die Tränen in die Augen stiegen.

»Ich wollte dir nicht wehtun«, sagte Milo, der ihm nicht wehtun wollte.

»Ist schon gut«, sagte der Hund und gewann seine Fassung zurück. »Ist 'ne alte Geschichte. Und eine traurige dazu. Wenn du willst, erzähl ich sie dir.

Als mein Bruder geboren wurde, der erste Nachwuchs in unserer Familie, waren meine Eltern überglücklich und gaben ihm sogleich den Namen Tick, denn sie waren sich sicher, dass es genau dieses Geräusch wäre, das er von sich geben würde. Doch kaum hatten sie damit begonnen, ihn aufzuziehen, stellten sie zu ihrem Schrecken fest, dass er nicht tickte, sondern tackte. Sie eilten zum Standesamt, um den Namen ändern zu lassen, aber zu spät. Er war bereits offiziell eingetragen, und es war nichts mehr zu machen. Als ich dann zur Welt kam, waren meine Eltern wild entschlossen, denselben Fehler nicht zweimal zu machen, und da es der Logik zu entsprechen schien, dass alle ihre Kinder das gleiche Geräusch machen würden, nannten sie mich Tack. Doch erstens kommt es anders und zweitens, na ja, du weißt schon – also heißt mein Bruder Tick, obwohl er tacktacktacktackt, und ich heiße Tack, obwohl ich ticktickticktické, und jeder von uns beiden schlägt sich mit dem falschen Namen he-

rum. Meinen Eltern ging die Geschichte so an die Nieren, dass sie das Kinderkriegen aufgaben und ihr Leben hinfort nur noch der Aufgabe widmeten, den Armen und Hungrigen zu helfen.«

»Und wie bist du dann zum AufWachhund geworden?«, unterbrach ihn Milo. Er versuchte das Thema zu wechseln, denn Tack hatte begonnen, ziemlich heftig zu schluchzen.

»Auch das«, sagte der Hund und wischte sich verstohlen eine Träne aus dem Augenwinkel, »hat Tradition. Alle meine Vorfahren waren Wachhunde. Das ging über vom Vater auf den Sohn, auf dessen Sohn, auf dessen Sohn. Seit Urgedenken.

Weißt du«, fuhr er fort, und langsam wurde ihm wieder wohler, »ganz früher gab es überhaupt keine Zeit, und die Menschen fanden das sehr lästig. Nie wussten sie, ob sie nun gerade zu Mittag aßen oder zu Abend, und andauernd verpassten sie ihren Zug. Also erfand man die Zeit, um nicht den Überblick über den Tagesverlauf zu verlieren und rechtzeitig dorthin zu gelangen, wo man hinmusste. Als die Menschen dann jedoch auf die Idee kamen, die Zeit zu zählen – 60 Sekunden pro Minute und 60 Minuten pro Stunde und 24 Stunden pro Tag und 365 Tage pro Jahr –, machte sich das Gefühl breit, es gäbe sehr viel mehr davon, als man jemals brauchen würde. Eine zunehmende Zahl von Zeitgenossen war der Meinung: Wenn es so viel Zeit gibt, kann sie ja nicht viel wert sein, und schon bald geriet sie in Misskredit. Die Leute fingen an, sie zu vergeuden, ja sogar, sie zu verschenken. So lange, bis man uns die Aufgabe übertrug, dafür zu sorgen, dass sie endlich aufwachten und damit aufhörten, ihre Zeit zu vertun«, sagte er und setzte sich stolz in Position. »Ein zeitraubender Job, und manchmal geht er einem auch auf den Wecker, aber eine echte Berufung, da gibt es kein Vertun. Denn«, und jetzt erhob er sich aus seinem Sitz, stützte sich mit einer seiner Hinterpfoten an der Windschutzscheibe ab und rief mit ausgestreckten Armen, »Zeit ist das wertvollste Gut, das wir haben, wertvoller noch als Diamanten. Auf Zeit ist Verlass wie auf Ebbe und Flut. Sie läuft ewig, bleibt nie stehen und …«

In diesem Moment fuhr das Auto über eine Bodenwelle, und Tack sackte unter heftigem Rasseln in den Beifahrersitz.

»Alles in Ordnung?«, rief Milo.

»Umpff«, ächzte Tack. »'tschuldigung, haut mich jedes Mal wieder um vor Begeisterung. Aber ich denke mal, du hast verstanden, was ich meine.«

Auf den nächsten Kilometern unterstrich Tack die Wichtigkeit der Zeit noch dadurch, dass er alte Philosophen und Dichter zitierte. Beim Versuch, seinen Argumenten den nötigen Nachdruck zu verleihen, gestikulierte er so wild, dass er mehrmals beinahe Hals über Kopf aus dem dahinrasenden Auto gefallen wäre.

Es dauerte gar nicht lange, da sahen sie in der Ferne die Türme und Fahnen von Wortopolis im Sonnenlicht aufleuchten, und nur wenig später erreichten sie deren gewaltige Mauer. Vor dem Stadttor machten sie halt.

»Ä-H-H-H-R-R-Ä-M-M«, räusperte sich der Torwächter laut und vernehmlich und nahm schlagartig Haltung an. »Dies ist das Königreich der Glückseligen, Wortopolis. Bollwerk der Vernunft in den Niederungen am Fuße der *Irrungen und Wirrungen*, profitiert es vom frischen Wind, der vom *Meer des Wissens* herüberweht. Auf königliche Anordnung ist heute Markttag. Seid ihr gekommen, um etwas zu kaufen oder zu *ver*kaufen?«

»Wie bitte?«, fragte Milo.

»Kaufen oder *ver*kaufen, kaufen oder *ver*kaufen«, wiederholte der Torwächter ungeduldig. »Was denn nun? Ihr seid doch nicht ohne Grund hierhergekommen, oder?«

»Na ja, ich …«, fing Milo an.

»Kommt schon! Wenn ihr schon keinen Grund habt, dann wird es doch zumindest eine Erklärung geben oder wenigstens eine Entschuldigung«, unterbrach ihn der Torwächter.

Milo schüttelte den Kopf.

»Bedenklich, höchst bedenklich«, sagte der Torwächter und schüttelte ebenfalls den Kopf. »Ohne Grund

kommt ihr hier nicht rein.« Er dachte einen Moment nach. »Wartet mal«, fuhr er dann fort, »kann sein, dass ich noch einen alten habe, den ihr benutzen könnt.«

Er holte einen ramponierten Koffer aus dem Torhäuschen und fing an, geschäftig in ihm herumzukramen. Dabei murmelte er vor sich hin: »Nein … nein … nein … der geht nicht … nein … h-m-m-m … ah, der ist genau richtig«, rief er schließlich triumphierend aus und hielt ein kleines Medaillon in die Luft, das an einer Kette baumelte. Er wischte den Staub ab, sodass man die auf einer Seite eingravierten Worte erkennen konnte: WARUM NICHT?

»Das ist ein guter Grund für so gut wie alles. Vielleicht schon ein bisschen abgenutzt, aber immer noch einigermaßen tauglich.« Und damit hängte er Milo das Medaillon um den Hals, schob die schwere Eisentür auf, machte eine tiefe Verbeugung und ließ sie passieren.

Was für ein Markt das wohl sein mag, fragte sich Milo, als sie durch das Tor fuhren. Doch bevor er noch länger darüber hätte nachdenken können, befanden sie sich bereits am Rand eines riesigen Platzes, auf dem in langen

Reihen ein Stand neben dem anderen stand. Auf jedem von ihnen waren wahre Berge von Waren, und fast jeder war mit farbenfrohen Wimpeln geschmückt. Über ihnen verkündete ein großes Transparent:

WILLKOMMEN AUF DEM WORTMARKT

Gleichzeitig eilten von der gegenüberliegenden Seite des Platzes fünf sehr lange, dünne und hoheitsvoll in Samt und Seide gekleidete Herren mit Federhüten auf dem Kopf und Schnallenschuhen an den Füßen auf das Auto zu, hielten kurz inne, wischten sich fünfmal die Stirn, holten fünfmal tief Luft, entrollten fünf Pergamentrollen und begannen einer nach dem anderen zu sprechen.

»Seid gegrüßt!«

»Moin!«

»Willkommen!«

»Guten Tag!«

»Hallo!«

Milo nickte nur mit dem Kopf, und sie fuhren fort, von ihren Pergamentrollen abzulesen.

»Auf Befehl von Abis Zett dem Ungekürzten«,

»König von Wortopolis«,

»Herrscher der Buchstaben«,

»Regent über Phrasen, Sätze und Redensarten«,

»heißen wir euch herzlich willkommen in unserem Königreich«,

»unserem Land«,

»unserer Nation«,

»unserem Staat«,

»unserem Gemeinwesen«,

»unserer Monarchie«,

»unserem Imperium«,

»unserer Pfalz«,

»unserem Fürstentum.«

»Bedeuten diese Worte etwa alle dasselbe?«, stieß Milo hervor.

»Natürlich.«

»Na sicher.«

»Selbstverständlich.«

»Genau.«

»Und ob«, antworteten sie einer nach dem anderen.

»Nun ja«, sagte Milo, dem nicht ganz einleuchtete, warum jeder das Gleiche sagte, bloß ein bisschen anders, »würde es die Sache nicht vereinfachen, bloß einen Ausdruck zu gebrauchen? Das ist doch viel sinnvoller.«

»Unsinn.«

»Lächerlich.«

»Hirnverbrannt.«

»Absurd.«

»Quatsch«, riefen sie im Chor.

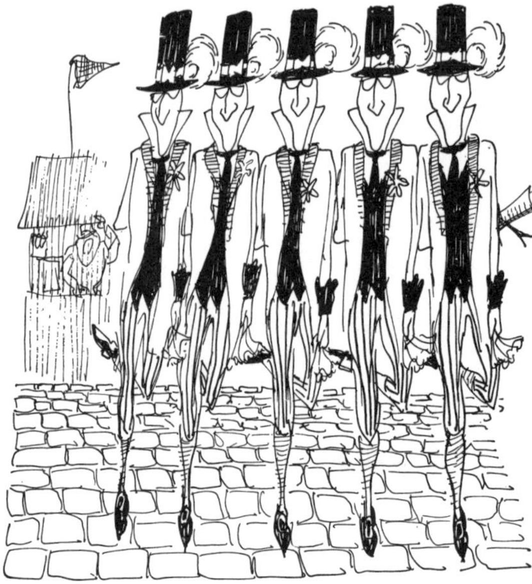

»Wir haben überhaupt kein Interesse daran, sinnvoll zu sein. Das ist nicht unser Job«, keifte der Erste.

»Nebenbei«, erklärte der Zweite, »ein Wort ist so gut wie das andere – warum sollte man sie dann nicht alle benutzen?«

»Zumal man sich auf diese Weise nicht entscheiden muss, welches das passende ist«, empfahl der Dritte.

»Außerdem«, seufzte der Vierte, »wenn eins schon passt, passen zehn noch zehnmal mehr.«

»Offensichtlich hast du keine Ahnung, mit wem du es zu tun hast«, sagte der Fünfte von oben herab. Und dann stellten sie sich der Reihe nach vor:

»Gestatten, Baron Botho von Bindewort.«

»Seine Eminenz Erich von Eigen-Schaft.«

»Fürst Ferdinand von Fragesatz.«

»Graf Gunnar Genus-Verbi.«

»Ministerialdirigent Manfred Modus-Irrealis.«

Milo ließ die Vorstellung schweigend über sich ergehen. Als Tack anfing, leise zu knurren, erklärte Seine Eminenz:

»Wir sind die Berater des Königs, oder, wie es offiziell heißt, sein Kabinett.«

»Kabinett«, dozierte der Baron, »1. kleines Privatgemach oder Kammer, in welcher Wertsachen oder Kuriositäten aufbewahrt werden; 2. Konferenzzimmer für die Ministerrunde; 3. Gremium offiziell bestallter Berater des Regierungschefs eines Landes.«

»Ihr seht«, fuhr Seine Eminenz fort und dankte dem Baron mit einer leichten Verbeugung für dessen Ausführungen, »Wortopolis ist der Ort, von dem alle Wörter dieser Welt ausgehen, weil sie uns nie ausgehen. Wir bauen sie nämlich in unseren Obstgärten an.«

»Ich wusste gar nicht, dass Wörter an Bäumen wachsen«, sagte Milo kleinlaut.

»Ja wo denn sonst?«, rief der Fürst empört, während die ersten Marktbesucher anfingen, sich um sie zu scharen. Voller Neugier betrachteten sie den kleinen Jungen, der nicht zu wissen schien, dass Wörter an Bäumen wuchsen.

»Ich wusste nicht mal, dass sie überhaupt wachsen«, gab Milo noch kleinlauter zu. Ein paar der Umstehenden schüttelten erschüttert den Kopf.

»Nun denn«, hakte der Graf nach, »wächst an Bäumen vielleicht Geld?«

»Soviel ich weiß, nicht.«

»Dann muss dort ja wohl irgendetwas anderes wachsen. Warum also nicht Wörter?!«, rief der Ministerialdirigent triumphierend. Die Menge spendete seiner bestechenden Logik Beifall und ging wieder ihrer Wege.

»Um fortzufahren«, fuhr Seine Eminenz ungeduldig fort, »einmal pro Woche wird auf königliche Anordnung hier auf dem großen Platz der Wortmarkt abgehalten, und die Menschen kommen von überallher, um die Wörter zu kaufen, die sie brauchen, oder diejenigen anzubieten, mit denen sie nichts anfangen können.«

»Unsere Aufgabe«, sagte der Graf, »besteht darin, darauf zu achten, dass jedes verkaufte Wort einwandfrei ist, weil es nichts bringen würde, jemandem ein Wort zu verkaufen, das keine Bedeutung hat, geschweige denn gar nicht existiert. Würdest du zum Beispiel ein Wort wie *ghlbtsk* kaufen, wo, bitte schön, könntest du es anwenden?«

Schwer zu sagen, dachte Milo. Schließlich gab es unendlich viele komplizierte Wörter, von denen er keinen blassen Schimmer hatte.

»Aber wir geben niemals vor, welches Wort man zu benutzen hat«, erklärte der Fürst, während sie sich auf die Marktstände zubewegten, »denn solange sie vorgeben, was sie vorgeben vorzugeben, ist es uns egal, ob sie Sinn ergeben oder Unsinn.«

»Scharfsinn oder Stumpfsinn«, ergänzte der Graf.

»Biedersinn oder Widersinn«, sagte der Ministerialdirigent.

»Freisinn oder Greisin«, hüstelte Seine Eminenz.

»Versteht sich«, sagte Milo, weil er nicht unhöflich sein wollte.

»Genau«, rief der Fürst, »auf jeden Fall.« Und schon fiel er mit einem lauten Plumps zu Boden.

»Mein Gott, stellen Sie sich doch nicht so ungeschickt an!«, schrie der Baron.

Der Fürst rieb sich den Kopf. »Ich habe doch nur bestätigen wollen …«, fing er an.

»Wir haben es sehr wohl vernommen«, sagte Seine Eminenz ärgerlich. »Sie sollten sich künftig um weniger gefährliche Ausdrücke bemühen.«

Der Fürst klopfte sich den Staub von seiner Samtjacke,

während die anderen laut und vernehmlich kicherten.

»Siehst du«, belehrte ihn der Graf. »Man muss vorsichtig sein in der Wahl seiner Worte und sich genau überlegen, was man eigentlich sagen will. Und jetzt müssen wir uns auf die Beine machen, um das königliche Bankett vorzubereiten.«

»Ihr nehmt natürlich daran teil«, sagte Seine Eminenz.

Und bevor Milo noch etwas darauf antworten konnte, eilten die fünf schon über den Platz davon, ebenso plötzlich wie sie gekommen waren.

»Viel Vergnügen auf dem Markt«, rief der Ministerialdirigent ihnen noch zu.

»Markt«, dozierte der Baron, »ein offener Platz oder ein bedachtes Gebäude, in dem …«

Das war das Letzte, was Milo von ihnen hörte, bevor sie in der Menge untertauchten.

»Ich hatte ja keine Ahnung, wie viel Verwirrung Worte stiften können«, sagte Milo zu Tack, während er sich zu ihm hinabbeugte, um ihm am Ohr zu kraulen.

»Bloß dann, wenn man sehr viele davon benutzt, um sehr wenig zu sagen«, antwortete Tack.

Das war das Vernünftigste, was Milo den ganzen Tag über gehört hatte. »Komm«, rief er, »lass uns über den Markt gehen. Sieht ziemlich aufregend aus.«

4. TOHUWABOHU AUF DEM MARKTPLATZ

Und ob es aufregend war! Kaum hatten sie sich den ersten Marktständen genähert, sah Milo Menschenmassen, die sich schiebend und schreiend ihren Weg durch die schmalen Gassen bahnten, die kauften und verkauften, schacherten und feilschten. Von allen Seiten strömten sperrige Handkarren mit Holzrädern auf den Platz, während gleichzeitig gewaltig lange Lastzüge darauf vorbereitet wurden, die Hauptstadt in alle vier Himmelsrichtungen zu verlassen. Turmhoch aufgestapelte Säcke, Kisten und Kästen warteten darauf, auf Schiffe gebracht zu werden, die zum *Meer des Wissens* segelten. Etwas abseits sang ein Chor Lieder, um diejenigen zu unterhalten, die entweder zu alt oder zu jung waren, um Handel zu treiben, und über dem ganzen Krach und Tumult hörte man die Stimmen der Händler, die lautstark ihre Waren feilboten.

»Aktuelle Wos und Wanns.«

»Aaa-ooo! Aaa-ooo! Aaa-ooo! Über Jahrzehnte gepflegte Wenns und Abers.«

»Wörter, die ›S‹ in sich haben, zum halben Preis.«

So viele Wörter und so viele Menschen! Sie kamen buchstäblich aus allen nur vorstellbaren Gegenden, ja, zum Teil sogar aus solchen, die man sich nicht vorstellen konnte. Jeder war damit beschäftigt, auszuwählen, zu sortieren und alles Mögliche und Unmögliche in Kästen zu stopfen. Und kaum war einer voll, griff man schon zum nächsten. Das Gewimmel und Getue schien kein Ende zu finden.

Milo und Tack schoben sich durch die Gänge und begutachteten das erstaunliche Angebot an Wörtern, die zum Kauf angeboten wurden. Es gab kurze, einfache für den täglichen Gebrauch und lange, sehr bedeutsame für spezielle Gelegenheiten. Dazu noch ein paar ganz besonders ausgefallene. Die waren einzeln abgepackt, in Geschenkpapier gewickelt und dienten ausschließlich königlichen Erlassen und Verkündigungen.

»Treten Sie näher, treten Sie näher! Eins-a-Worte für jede Gelegenheit. Exklusiv nur hier«, verkündete ein Mann mit dröhnender Stimme. »Na, Kleiner, was kann ich für dich tun? Wie wär's mit einer Tüte Pronomina, mit diesen zum Beispiel? Oder vielleicht mit einem Sortiment ausgewählter Artikel?«

Milo hatte sich noch nie viele Gedanken über Wörter gemacht, aber diese hier sahen so gut aus, dass er unbedingt ein paar davon haben wollte.

»Sieh dir das an, Tack«, rief er. »Sind die nicht wundervoll!«

»Ja, vorausgesetzt, du hast was zu sagen«, antwortete Tack müde, denn ihm stand der Sinn sehr viel mehr danach, einen Knochen zu finden, als nach Worten zu suchen.

»Wenn ich mir ein paar besorge, kann ich vielleicht lernen, damit umzugehen«, sagte Milo erwartungsvoll und fing an, sich durch die Wörter des Marktstandes zu wühlen. Schließlich wählte er drei aus, die ihm ganz besonders gut gefielen: *Zwickmühle*, *verblüffend* und *aufpolstern*. Er hatte keine Ahnung, was sie bedeuteten, aber sie sahen irgendwie elegant aus und klangen großartig.

»Wie viel?«, fragte er.

»Drei«, meinte der Mann.

»Nein, wie viel sie kosten, mein ich«, sagte Milo. Doch als der Mann ihm den Preis ins Ohr flüsterte, legte er sie wortlos wieder auf die Ablage und wandte sich zum Gehen.

»Wie wär's mit ein paar Pfund *Alles Gute*?«, rief ihm der Verkäufer hinterher. »Die sind sehr viel alltagstauglicher. Eignen sich fantastisch für *Alles Gute* zum Geburtstag, *Alles Gute* zum neuen Jahr, *Alles Gute* kommt von oben, *Alles Gute* …«

»Würde ich ja gern«, druckste Milo, »aber …«

»Gut, dann eben ohne *Alles*. Kostet bloß die Hälfte und ist mindestens genauso gut: *Guten* Morgen, *Guten* Tag, *Guten* Abend, *Gute* Nacht. *Guter* Gott – das ist doch wirklich ein *Gutes* Angebot!«

Milo hätte liebend gern etwas gekauft, aber als er in die Tasche griff, klingelten dort nur die Münzen, die er für die Mautstelle brauchte, um wieder in sein Zimmer zu gelangen. Und bei Tack klingelte nichts bis auf den Wecker.

»Nein, danke«, erwiderte Milo. »Wir gucken nur. Aber alles *Gute*!« Und damit setzten sie ihren Marktbummel fort.

Als die beiden die letzte Gasse zwischen den Ständen erreicht hatten, fiel Milo ein Marktwagen ins Auge (*Was wohl der Baron dazu gesagt hätte?!*), der sich von den anderen abhob. An seiner Seite hing ein Schild mit den fein säuberlich geschriebenen Worten »DO IT YOURSELF«, und innen standen sechsundzwanzig Kästen, bis zum Rand gefüllt mit allen Buchstaben des Alphabets – von A bis Z.

»Die sind für Leute, die sich ihren eigenen Reim auf die Dinge machen wollen«, erklärte ihm der Verkäufer. »Du kannst sie dir selbst zusammenstellen, ganz nach Belieben. Oder du greifst zu unserem Sonderangebot: komplett mit allen Buchstaben, Satzzeichen und einer

Gebrauchsanweisung. Hier, probier mal das A: ist richtig gut.«

Zögernd führte Milo den Buchstaben zum Mund und kaute vorsichtig auf ihm rum.

»Aaa!« Es war herrlich süß und schmeckte köstlich – ganz so, wie man das von einem A erwarten konnte.

»Ich wusste, dass es dir gefallen würde«, lachte der Buchstabenmann, schnippte sich zwei G und ein R in den Mund und lutschte sie mit offenem Mund, sodass ihm der Saft das Kinn runterlief. »Das A gehört zu den absoluten Rennern. Nicht alle sind so gut«, gestand er flüsternd. »Das Z zum Beispiel – staubtrocken wie Sägemehl. Oder das X. Schmeckt wie ein ganzer Schrank voll abgestandener Luft. Deshalb greifen die Leute auch so gut wie nie danach. Aber der Rest ist ziemlich lecker. Hier, probiert ruhig noch ein paar mehr.«

Er gab Milo ein E, eisgekühlt und erfrischend, und Tack ein knusprig-knackiges K.

»Die meisten Leute sind einfach zu faul und plappern lieber alles nach, statt sich um eigene Worte zu bemühen«, redete er weiter, »dabei macht das viel mehr Spaß.«

»Aber ist das nicht zu schwierig? Ich bin nicht so gut darin, eigene Worte zu finden«, gestand Milo und spuckte heimlich ein Stückchen Haut von einem H hinter sich.

»Da kann ich vielleicht behilflich sein, B-E-H-I-L-F-L-I-C-H«, summte eine fremde Stimme, und als Milo hochguckte, sah er eine riesige Biene, mindestens doppelt so groß wie er selbst, die sich auf dem Dach des Wagens niedergelassen hatte.

»Ich bin die Buchstabiene«, verkündete die Buchstabiene. »Keine Angst, A-N-G-S-T.«

Tack kroch unter den Wagen, und Milo, der schon ganz normale Bienen nicht übermäßig toll fand, wich ein paar Schritte zurück.

»Ich kann alles buchstabieren, B-U-C-H-S-T-A-B-I-E-R-E-N«, warf sie sich in die Brust und ließ kurz ihre Flügel aufbrausen. »Versuch's mal, versuch's mal!«

»Wie wär's mit ›Tschüss‹?«, schlug Milo vor und machte noch zwei Schritte rückwärts.

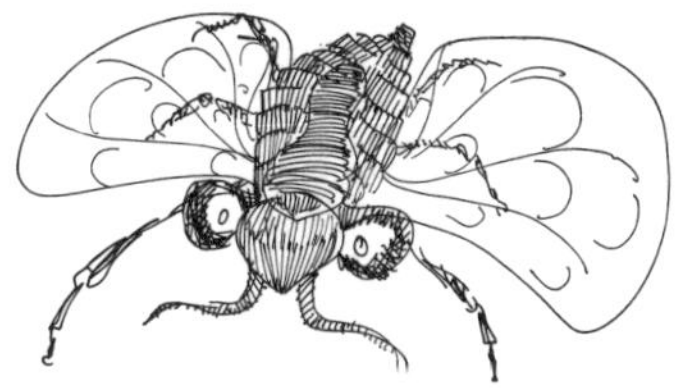

Die Biene erhob sich sanft in die Luft und drehte eine gemächliche Runde über Milos Kopf.

»Vielleicht, V-I-E-L-L-E-I-C-H-T, unterliegst du der Fehleinschätzung, F-E-H-L-E-I-N-S-C-H-Ä-T-Z-U-N-G, ich sei gefährlich«, summste sie und vollzog einen blitzsauberen Looping nach links. »Lass mich dir versichern, V-E-R-S-I-C-H-E-R-N, meine Absichten sind ganz und gar

friedlich, F-R-I-E-D-L-I-C-H.« Und damit nahm sie erneut auf dem Wagendach Platz und fächelte sich mit einem Flügel Luft zu. »Und jetzt«, hechelte sie, »such dir das absolut schwierigste Wort aus, das du dir vorstellen kannst, und ich werde es buchstabieren. Mach schon, mach schon!« Sie sprang ungeduldig von einem ihrer sechs Beine auf das nächste.

Sieht eigentlich ganz zugewandt aus, dachte Milo, war sich aber nicht sicher, wie zugewandt eine Biene eigentlich sein sollte. Dann versuchte er, sich ein wirklich kompliziertes Wort einfallen zu lassen. »Lehgastenicker«, schlug er vor, denn dieses Wort hatte er gerade erst in der Schule zu hören bekommen.

»Ganz schön knifflig«, sagte die Biene und zwinkerte dem Buchstabenmann zu. »Lass mal sehen … hmmmmmmm …« Sie wischte sich über die Stirn, zog sie in Falten und ging langsam auf dem Wagendach hin und her. »Wie viel Zeit habe ich?«

»Zehn Sekunden«, schrie Milo aufgeregt. »Achtung, Tack. Zeit läuft!«

»Oje, oje, oje, oje«, jammerte die Biene und bewegte sich immer nervöser hin und her. Dann, auf den allerletzten Drücker, buchstabierte sie, so schnell sie konnte: L-E-G-A-S-T-H-E-N-I-K-E-R.«

»Korrekt«, bestätigte der Buchstabenmann, und alle klatschten Beifall.

»Kannst du wirklich alles buchstabieren?«, fragte Milo voller Bewunderung.

»So ungefähr«, antwortete die Biene mit einem Anflug von Stolz. »Vor vielen Jahren war ich noch eine ganz normale Biene und steckte meine Nase von morgens bis abends in irgendwelche Blumen statt in Dinge, die mich nichts angehen. So lange, bis mir klar wurde, dass meine Aussichten nicht bloß stockdunkel, sondern zappenduster waren, solange ich keine vernünftige Ausbildung hatte. Und da ich …«

»KACKERLACKACK!«, dröhnte eine Stimme. Hinter dem Wagen trat ein großes, käferartiges Insekt hervor. Es trug einen noblen Mantel, Nadelstreifenhosen, eine karierte Weste, leicht abgeschabte Gamaschen, schwarze Lackschuhe und eine Melone. »Ich sage es gleich noch einmal: KACKERLACKACK!«, wiederholte er, fuchtelte mit seinem Spazierstock in der Luft herum, sprang mit beiden Beinen in die Höhe und klackte die Hacken zusammen. »Kommt schon, wo habt ihr denn eure Manieren gelassen? Will mich wohl endlich jemand dem kleinen Jungen vorstellen!?«

»Dies«, sagte die Biene äußerst geringschätzig, »ist der Kackerlack oder die gemeine Küchenschabe. Ein totaler Widerwart.«

»KACKERLACKACK! Von wegen Küchenschabe. Wir Kackerlacken sind bei jedermann beliebt«, schnaufte der Kackerlack. »Wie ich dem König neulich sagte …«

»Du hast den König nie getroffen«, unterbrach ihn die Biene vorwurfsvoll. Zu Milo gewandt sagte sie: »Glaub dem alten Schwindler kein Wort.«

»KACKERLACKACK!«, erwiderte der Kackerlack. »Wir sind eine alteingesessene, höchst ehrenwerte Familie, nobel bis auf die Knochen, *Insecticus Cacerlacium*, um es mal auf Latein zu sagen. Wir haben bereits an den Kreuzzügen von Richard Löwenherz teilgenommen, mit Kolumbus den Atlantik überquert und an der Seite von allen möglichen Entdeckern neue Länder erobert. Auch heute noch bekleiden Mitglieder unserer Familien allerhöchste Regierungsposten auf der ganzen Welt. Nicht umsonst heißt es: *In eurer Kron' fehlt' manch ein Zacken, gäb's nicht uns, die Kackerlacken.*«

»*Wie konnt ich's bloß vergessen haben, was wär die Welt ganz ohne Schaben?!* --- S-C-H-A-B-E-N!«, meinte die Biene spöttisch. »Wie wär's, Sie würden jetzt einfach mal Leine ziehen? Ich war nämlich gerade dabei, dem Burschen hier die Wichtigkeit korrekter Rechtschreibung nahezubringen.«

»KACKERL… ACH WAS!«, sagte der Kackerlack

und legte einen Arm um Milos Schulter. »Kaum hat man dir beigebracht, ein Wort zu buchstabieren, schon kommt das nächste dran. Die totale Sisyphos…«

»S-I-S-Y-P-H…«

»…*arbeit!*«, zischte der Kackerlack und warf der Biene einen giftigen Blick zu. »Warum sich damit abquälen? Glaub mir, mein Junge, vergiss es! Wie mein Ur-urgroßvater George Washington Kackerlack zu sagen pflegte …«

»Wissen Sie, was Sie sind, mein Herr?«, ereiferte sich die Biene, »ein schäbiger Hochstapler, H-O-C-H-S-T-A-P-L-E-R, der nicht mal seinen eigenen Namen buchstabieren kann.«

»Das sklavische Festhalten an der grammatikalischen Korrektheit der Worte ist ein Zeichen absoluter Fantasielosigkeit«, raunzte der Kackerlack und fuchtelte wild mit seinem Spazierstock.

Milo hatte nicht die geringste Ahnung, wovon eigentlich die Rede war, bloß, dass es die Buchstabiene offenbar so sehr auf die Palme brachte, dass sie auf den Kackerlack zuflog und ihm mit einem Flügel den Hut vom Kopf stieß.

»Vorsicht!«, schrie Milo, als die Schabe erneut den Stock herumwirbeln ließ, die Biene an einem Fuß erwischte und den Kasten mit den W umhaute.

»Mein Fuß«, jammerte die Biene.

»Mein Hut«, jammerte der Kackerlack. Und schon ging der Kampf in die nächste Runde.

Die Buchstabiene bewegte sich gefährlich summend in die Reichweite des wilde Kreise ziehenden Spazierstocks und wieder heraus, während die beiden Streithähne sich heftige Drohungen und Schimpfworte an den Kopf warfen, die zu buchstabieren sich hier absolut verbietet. Die Menge der Umstehenden wich zurück aus der Gefahrenzone.

»Aber, aber!«, versuchte Milo den Streit zu schlichten. »Es muss doch einen anderen Weg geben, miteinan…« Und dann schrie er: »PASS AUF!« Aber es war zu spät.

Es gab einen fürchterlichen Krach, als der Kackerlack vor lauter Wut stolperte und in einen der Marktstände fiel, wodurch dieser den nächsten umwarf und dieser wieder den nächsten und den nächsten, bis kein einziger Stand auf dem ganzen Markt mehr stand und Buchstaben, Wörter und Sätze über den gesamten Platz verteilt auf dem Boden lagen.

Die Biene, die sich in einem der vielen Wimpel verheddert hatte, purzelte zu Boden, wobei sie Milo umwarf, der sie unter sich begrub.

»Igitt!!«, schrie sie. »Auf mir sitzt ein kleiner Junge!« Der Kackerlack lag rücklings und völlig derangiert auf einem Berg zerquetschter Buchstaben, und Tack, dessen Alarmglocke ohne Unterbrechung schrillte, war unter einer Ansammlung unzusammenhängender Worte vergraben. Der Buchstabenmann hockte auf einer der leeren Kisten und stöhnte: »Mir fehlen die Worte.«

5. ÜBER KURZ ODER LANG

»Macht euch bloß an, was ihr geschaut habt«, schrie einer der Händler verärgert. Eigentlich hatte er »Schaut euch bloß an, was ihr gemacht habt« sagen wollen, aber die Worte lagen so wild verteilt herum, dass niemand die richtigen finden konnte.

»Tun wir bloß jetzt sollen was!«, klagte ein anderer, während man sich überall bemühte, die Dinge irgendwie wieder in Ordnung zu bringen.

Eine Zeit lang brachte niemand auch nur einen verständlichen Satz zustande, und das Tohuwabohu wurde immer größer. Doch dann fing man an, die Marktstände so schnell wie möglich wiederaufzurichten, und fegte die Wörter zu einem riesigen Haufen zusammen, aus dem jeder sich die seinen herausfischen konnte.

Die Buchstabiene war beleidigt davongeflogen, und Milo hatte sich gerade wieder aufgerappelt, da traf das gesamte Polizeiaufgebot von Wortopolis ein und blies heftig in die Trillerpfeife.

»Endlich! Jetzt kommt Licht ins Dunkel«, hörte Milo jemanden sagen, »da kommt Hauptwachtmeister Kurz, der sagt, wo's langgeht.«

Quer über den Platz stiefelte der kleinste Polizist, den Milo je gesehen hatte. Knapp siebzig Zentimeter kurz war er fast doppelt so dick und trug eine blaue Uniform mit weißem Gürtel, weiße Handschuhe, eine Schirmmütze und einen grimmigen Gesichtsausdruck. Er blies ununterbrochen in seine Trillerpfeife, so lange, bis sein Gesicht rot anlief wie eine Runkelrübe, und hörte damit nur kurz auf, um jedem, an dem er vorüberkam, »Schuldig! Schuldig! Schuldig« ins Gesicht zu brüllen.

»So was von schuldig ist mir ja noch nie unter die Augen gekommen«, rief er, als er vor Milo zum Stehen kam. »Das wird dich teuer zu stehen kommen!« Dann wandte er sich dem immer noch laut rasselnden Tack zu und schrie: »Stell diesen Hund ab. Es ist respektlos, im Beisein der Polizei Alarm zu schlagen.«

Er zog ein schwarzes Notizbuch aus der Jackentasche seiner Uniform und hielt den Vorfall fein säuberlich dort fest. Danach stiefelte er auf und ab, die Arme hinter dem Rücken verschränkt, und ließ seinen Blick über das Feld der Verwüstung schweifen.

»Reizend, wirklich reizend.« Seine Miene verfinsterte sich. »Wer trägt hieran die Schuld?«, herrschte er die Menge an. »Heraus mit der Sprache, oder ich mach kurzen Prozess und zieh euch allen die Ohren lang.«

Lange herrschte betretenes Schweigen. Weil niemand mitbekommen hatte, was eigentlich passiert war, machten alle bloß lange Gesichter und hoben schweigend ihre Hände, zum Beweis, dass sie nichts trugen. Weder Schuld noch irgendetwas anderes.

»Du da«, zischte der Wachtmeister und richtete seinen Finger anklagend auf den Kackerlack, der sich gerade den Staub von den Kleidern klopfte und seinen Hut zurechtrückte, »du siehst mir höchst verdächtig aus.«

Der Kackerlack ließ vor Schreck seinen Spazierstock

fallen und antwortete nervös: »Bei meiner Ehre als Gentleman versichere ich Ihnen, Sir, dass ich mit der ganzen Sache nichts zu tun habe, mir nicht das Geringste habe zuschulden kommen lassen und bloß das angeregte Leben und geschäftige Treiben des Marktes genoss, als dieser junge Bursche …«

»AHA!«, unterbrach ihn der Hauptwachtmeister Kurz und machte einen weiteren Vermerk in seinem

kleinen Notizbuch. »Also da geht's lang. Hab ich's mir doch gleich gedacht: Es liegt wie immer an den Jungs.«

»Entschuldigen Sie«, unterbrach ihn der Kackerlack, »aber ich wollte damit in keinster Weise unterstellen, dass …«

»RUHE!«, donnerte der Hauptwachtmeister, reckte sich zu seiner vollen Kürze auf und brachte den entsetzten Kackerlack durch einen drohenden Blick zum Schweigen. »Und jetzt zu dir«, fuhr er fort und wandte sich erneut an Milo, »wo warst du am Abend des 27. Juli?«

»Was soll das damit zu tun haben?«, fragte Milo.

»Da ist mein Geburtstag, das soll das damit zu tun haben«, sagte der Wachtmeister und notierte *Meinen Geburtstag vergessen.* »Jungs vergessen alle naslang anderer Leute Geburtstag.

Folgender Straftaten hast du dich schuldig gemacht«, fuhr er fort: »Besitz eines Hundes mit nicht genehmigter Alarmglocke, Erregung öffentlichen Ärgernisses, Umsturzversuch eines gesamten Standes, was sage ich: aller Stände, fahrlässige Verwüstung, vorsätzliche Verursachung von Wortsalat, kurz …«

»Nu mal halblang«, bellte Tack und schaute von oben auf den Wachtmeister herab.

»… sowie Missachtung des absoluten Bellverbots!«, fuhr Kurz fort und bedachte den Hund mit einem bitterbösen Blick.

»Unsinn«, knurrte Tack beleidigt, »ist doch eh alles bloß Belletristik!«

»Erzähl keine Geschichten!«, herrschte der Polizist ihn an und griff erneut zu seinem Notizbuch. »Also«, sagte er und wandte sich wieder an Milo, »bist du bereit, das Urteil entgegenzunehmen?«

»Nur Richter können Urteile sprechen«, sagte Milo, der sich daran erinnerte, das mal in einem Schulbuch gelesen zu haben.

»Stimmt«, erwiderte der Wachtmeister, nahm kurz seine Mütze ab und zog sich eine lange schwarze Robe über. »Ich *bin* der Richter. Also, wie soll das Urteil ausfallen, kurz oder lang?«

»Wenn's geht, kurz«, sagte Milo.

»Ausgezeichnet«, sagte der Richter, zauberte einen Holzhammer unter seiner Robe hervor und schlug damit dreimal auf eine der herumliegenden Kisten. »Lange kann ich mir sowieso schlecht merken. Wie wär's mit ›schuldig‹. Zwei Buchstaben kürzer als ›unschuldig‹.«

Alle nickten mit dem Kopf zum Zeichen, dass sie sein Urteil gerecht fanden.

»Kurz und gut: Als Strafe scheinen mir 6 Millionen Jahre Gefängnis lang genug. Damit ist die Verhandlung geschlossen«, verkündete er und schlug abschließend noch einmal mit seinem Hammer auf die Kiste. »Und jetzt ab in den Kerker. Da lang …«

»Nur Gefängniswärter sind befugt, jemand in den Kerker zu werfen«, wandte Milo ein. Auch das hatte er aus seinem Schulbuch.

»Stimmt«, sagte der Richter, zog die Robe aus und ein großes Schlüsselbund hervor. »Es sei denn, man ist Kerkermeister. So wie ich.« Und damit führte er die beiden ab.

»Kopf hoch«, rief der Kackerlack. »Vielleicht erlassen sie euch ja eine Million Jahre wegen guter Führung.«

Das schwere Kerkertor schwang langsam auf, und Milo und Tack folgten Hauptwachtmeister Kurz einen Flur entlang, der bloß ab und zu kurz von einer flackernden Kerze erhellt wurde.

»Achtung, Stufen«, warnte sie der Polizist, als sie die ersten Stufen einer steilen Wendeltreppe hinabstiegen.

Die Luft war feuchtkalt und stickig, es roch nach alten Socken, und die dicken Steinmauern waren nass und glitschig. Sie stiegen tiefer und tiefer, bis sie an ein zweites Tor kamen, noch düsterer und schwerer als das erste. Ein Spinnennetz fuhr durch Milos Gesicht, und er erschauderte.

»Über kurz oder lang werdet ihr euch hier sicher wohlfühlen«, kicherte der Polizist, als er den Riegel zurückschob. »Zugegeben«, das Tor quietschte und knarrte in den Angeln, »viel Gesellschaft habt ihr nicht, hier unten. Bis auf die Diebin natürlich, die alte Heckse.«

»Diebin? Alte Hexe?«, fragte Milo und erschrak.

»Ja«, sagte der Hauptwachtmeister und bog in einen weiteren Gang, »die hockt schon seit Ewigkeiten hier unten.«

In den nächsten Minuten durchschritten sie noch drei Tore, überquerten einen schmalen Steg und ließen zwei Gänge sowie eine Treppe hinter sich. Endlich blieben sie vor einer kleinen Zellentür stehen.

»Da sind wir«, sagte der Polizist und öffnete die Tür. »Fühlt euch ganz wie zu Hause.«

Die Tür klappte hinter ihnen zu, und Milo und Tack fanden sich in einem hohen Gewölbekeller wieder, mit zwei winzigen Fenstern auf halber Höhe.

»Auf Wiedersehen in sechs Millionen Jahren«, rief ihnen Hauptwachtmeister Kurz noch zu, dann hörten sie, wie seine Schritte sich nach und nach entfernten und schließlich ganz verhallten.

»Sieht nicht gut aus, Tack, oder?«, sagte Milo traurig.

»Ganz und gar nicht«, antwortete der Hund und nahm ihr neues Zuhause schnüffelnd in Augenschein.

»Was sollen wir bloß die ganze Zeit machen? Wir haben kein einziges Spiel dabei, nicht mal eine Schachtel mit Buntstiften.«

»Keine Sorge«, knurrte Tack und hob beruhigend eine Pfote, »irgendwas wird sich schon ergeben. Kannst du mich bitte erst mal aufziehen? Sonst ist meine Zeit schon jetzt abgelaufen.«

»Weißt du, was, Tack?«, sagte Milo, während er den Hund aufzog. »Man brockt sich ganz schön was ein, wenn man Worte durcheinanderbringt oder nicht weiß, wie man sie buchstabiert. Sollten wir hier jemals wieder rauskommen, werde ich alles dafür tun, mehr über sie zu erfahren.«

»Ein äußerst lobenswerter Vorsatz, junger Mann«, sagte eine leise Stimme auf der gegenüberliegenden Seite des Kerkers.

Milo hob verwundert den Kopf, und im Halbdunkel fiel sein Blick auf eine alte, freundlich aussehende Dame, die dort in einem Schaukelstuhl saß und strickte.

»Hallo«, sagte er.

»Wie geht's?«, erwiderte sie.

»Geht so«, sagte Milo, »aber Sie sollten sich lieber vorsehen. Soviel ich weiß, treibt hier irgendwo eine Diebin ihr Unwesen, eine alte Hexe.«

»Das bin ich«, meinte die alte Dame beiläufig und zog ihren Schal ein wenig fester um ihre Schultern.

Milo sprang erschrocken zurück und griff nach Tack, damit dieser nicht wieder zu rasseln anfing – schließlich wusste er, wie empfindlich Diebe reagieren konnten, wenn man Krach schlug.

»Keine Angst«, lachte sie. »Obwohl ich die bin, die ich bin, bin ich noch lange keine Diebin. Und erst recht keine Hexe. Wenn überhaupt, dann war ich eine Heckse.«

»Oh«, sagte Milo, denn etwas anderes fiel ihm nicht ein.

»Ich bin Ma Kaber«, fuhr sie fort, »und ich tu euch schon nichts.«

»Und wieso nennt man dich dann eine Diebin und Hexe?«, fragte Milo, ließ Tack los und rückte ein Stückchen näher.

»Nun«, sagte die alte Dame, während eine Ratte ihr über den Fuß huschte. »Ich bin die Großtante des Königs. Viele Jahre lang war ich hier im Königreich dafür bekannt, bei allen Angelegenheiten darüber zu wachen, was man für Worte machte, welche man sagen durfte und welche nicht, welche man schreiben durfte und welche nicht. Ihr könnt euch sicher vorstellen, was für eine wichtige und verantwortungsvolle Aufgabe es war, unter den vielen Tausend Möglichkeiten immer die jeweils richtige auszuwählen. Der König war sehr zufrieden mit meiner Arbeit. Da ich das sehr gut machte, bestimmte er, dass allein ich diejenige sein sollte, die hinfort Worte ausgeben und verleihen darf, und verlieh mir den Titel der offiziellen Hoflieferantin für Worte und Wörter aller Art, was mich sehr stolz und glücklich machte.

Zunächst tat ich mein Bestes, um sicherzustellen, dass nur die sachgerechtesten und geeignetsten Wörter gebraucht wurden. Jedermann drückte sich klar und deutlich aus, und kein Wort wurde unnötig verwendet (oder verschwendet). Überall im Palast und auf dem Marktplatz ließ ich Schilder anbringen, auf denen stand:

IN DER KÜRZE LIEGT DIE WÜRZE.

Aber Macht verdirbt den Charakter, und schon bald wurde ich geizig und gierig und lieferte immer weniger Worte aus, um so viele wie möglich für mich zu behalten. Ich ließ neue Schilder aufhängen, auf denen stand:

AM ANFANG WAR DAS WORT, NICHT DAS GESCHWÄTZ.

Bald schon waren die Verkäufe auf dem Markt rückläufig. Die Leute scheuten sich, so viele Worte zu machen wie bisher, und das Königreich sah harten Zeiten entgegen. Dessen ungeachtet wurde mein Geiz immer größer. Kurze Zeit später ergriffen die Leute so selten das Wort, dass kaum noch Gespräche stattfinden konnten. Selbst die alltäglichste Unterhaltung war so gut wie nicht mehr möglich. Und obwohl ich mir sagte: ›Das ist nicht gut, was du da ausheckst‹, ließ ich neue Schilder aufhängen:

EIN MANN, EIN WORT.

Bis ich schließlich auch diese durch andere ersetzte:

SCHWEIGEN IST GOLD.

Von da an hörte jede Unterhaltung auf. Der Verkauf von Wörtern und Worten wurde eingestellt, der Markt geschlossen, die Bevölkerung verarmte, und Verzweiflung machte sich breit. Als der König sah, was geschehen war, wurde er fuchsteufelswild und verkündete, dass ich diejenige war, die das alles ausgeheckt hatte, und deshalb an allem schuld war. Er ließ mich in dieses Verlies werfen, wo ich jetzt vor euch sitze – eine älter und weiser gewordene Frau.

Das Ganze ist viele Jahre her«, fuhr sie fort, »aber es wurde nie wieder jemand damit betraut, auf die Wortwahl zu achten. Deshalb ergreifen die Leute das Wort heutzutage ohne große Überlegung und reden, wie ihnen der Schnabel gewachsen ist. Und dabei kommen sie sich sogar noch schlau und weise vor. Denn eins ist klar: So falsch es ist, zu wenig Worte zu machen – zu viele davon zu verlieren, ist meist noch viel schlimmer.«

Als sie zum Ende gekommen war, machte sie einen tiefen Seufzer, klopfte Milo sanft auf die Schulter und fing wieder an zu stricken.

»Und seitdem bist du hier eingesperrt?«, fragte Milo voller Mitgefühl.

»Ja«, sagte sie traurig. »Die meisten Menschen haben mich längst vergessen, und wenn nicht, entsinnen sie sich meiner bloß noch als ›Diebin‹ und ›Heckse‹, weil ich nun einmal die bin, die ihnen damals das Recht auf freie Wortwahl weggenommen hat. Wenn du so etwas ausheckst, verzeiht man dir das nie im Leben. Und solange ich hier unten eingesperrt bleibe, werden sie auch nie erfahren, dass ich schon lange nicht mehr die bin, vor der sie sich fürchten.«

»Ich finde dich nicht furchterregend«, sagte Milo, und Tack wedelte zustimmend mit dem Schwanz.

»Habt vielen Dank«, sagte Ma Kaber. »Ihr könnt mich Mama Kaber nennen. Hier, wie wär's mit einem Satzzeichen?« Und sie hielt ihnen eine Schachtel mit gezuckerten Punkten, Kommas, Frage- und Ausrufezeichen hin. »Das ist alles, was man mir zu essen gibt.«

»Also, wenn es mir gelingt, hier rauszukommen, werde ich dir helfen«, erklärte Milo laut und deutlich.

»Das ist sehr nett von dir«, antwortete sie, »aber das Einzige, was mir helfen kann, ist die Rückkehr von Sinn und Verstand.«

»Die Rückkehr von was?«, fragte Milo.

»Von Sinn und Verstand«, erwiderte sie, »aber das ist eine lange Geschichte. Keine Ahnung, ob ihr die hören wollt.«

»Und ob«, bellte Tack.

»Sehr gerne sogar«, pflichtete Milo ihm bei, und während Ma Kaber auf ihrem Stuhl langsam vor und zurück schaukelte, erzählte sie ihnen diese Geschichte:

6. MA KABERS GESCHICHTE

»Es war einmal – vor vielen, vielen Jahren –, da war dieses Land eine einzige unfruchtbare und Furcht einflößende Wildnis. Durch seine hoch aufragenden Felsengebirge fegten unberechenbare Stürme, und seine kargen Täler waren von keiner Menschenseele bewohnt. Wachsen tat dort so gut wie nichts, und wenn, dann kümmerte es vor sich hin, mit Früchten, so bitter wie Wermut. Weit und breit nichts als Einöde, Felsgestein und Wüstenei. In den Bergen hausten die Dämonen der Finsternis. Üble Kreaturen streiften durch das Land bis hinunter zur Küste. Man nannte es Zerotien, das Land Null.

Dann, eines Tages, tauchte am Horizont ein kleines Schiff auf. An Bord befand sich ein junger Prinz, der ausgezogen war, sein Glück zu suchen. Im Namen von Frieden und Freiheit erhob er Anspruch auf das ganze Land und machte sich daran, seinen neuen Herrschaftsbereich zu erforschen. Die Dämonen, Monster und Riesen waren wütend über seine Anmaßung und taten sich zusammen, um ihn rauszuschmeißen. Ihr Kampf ließ die Erde erbeben, und als er vorüber war, blieb dem Prinzen bloß noch ein winziges Stückchen Land an der Küste.

›Hier werde ich meine Stadt errichten‹, verkündete er, und genau das tat er dann auch.

Bald kamen weitere Schiffe und brachten Siedler ins Land. Die Stadt wurde größer, und ihre Grenzen dehnten sich immer mehr aus. Täglich war sie irgendwelchen Angriffen ausgesetzt, aber nichts und niemand vermochte die neue Stadt des Prinzen in die Knie zu zwingen. Stattdessen wuchs sie und wuchs. Schon bald war sie nicht mehr bloß eine Stadt; sie hatte sich zu einem Königtum entwickelt, und man gab ihm den Namen *Geist-Reich*.

Außerhalb seiner Grenzen jedoch war die Situation alles andere als sicher, und der frisch ernannte König gelobte, das Gebiet, das er nach wie vor für sich beanspruchte, zurückzuerobern. Also brach er jedes Frühjahr mit seiner Armee auf und kehrte erst im Herbst wieder zurück, und sein ständig wachsendes Reich wurde Jahr für Jahr reicher. Er nahm sich eine Frau, und schon bald hatten sie zwei prächtige Söhne, denen er alles beibrachte, was er wusste, auf dass sie das Reich eines Tages weise und gerecht würden regieren können.

Als die Brüder zu jungen Männern herangewachsen waren, bestellte sie der König zu sich und sagte: ›Ich werde langsam zu alt, um noch in den Kampf ziehen zu können. Ihr müsst meinen Platz einnehmen, müsst neue Städte in der Wildnis gründen, denn das Geist-Reich muss wachsen und gedeihen.‹

Und so geschah es. Der eine brach auf in den Süden. Dort legte er den Grundstein zu *Wortopolis*, der Wörterstadt am Fuße der *Irrungen und Wirrungen*. Der andere marschierte nordwärts bis zu den *Gipfeln der Unwissenheit*. Dort gründete er *Zahlheim*, die Hauptstadt der Region *Digitalien*. Beide Städte entwickelten sich so prächtig, dass die Dämonen immer weiter zurückgedrängt wurden. Als sich daraufhin im Umland der beiden Städte immer mehr Dörfer und Gemeinden bildeten, blieben diesen furchterregenden Gestalten bloß noch die äußersten Zipfel der Wildnis. Dort harrten sie aus und sannen auf Rache, bereit, jeden, der sich in ihre Nähe wagte, niederzustrecken.

Dessen ungeachtet waren die beiden Brüder froh, endlich ihrer eigenen Wege gehen zu können, denn sie waren von Natur aus argwöhnisch, und der eine gönnte dem anderen nicht das Schwarze unterm Fingernagel. Beide versuchten den jeweils anderen zu übertrumpfen, und das taten sie mit so viel Ehrgeiz und Hingabe, dass ihre Städte es in Größe und Pracht schon bald mit *Geist-Reich* aufnehmen konnten.

Geistreich ohne Worte – wie soll das gehen?, sagte sich der eine.

Geistreich ohne Zahlen – völlig undenkbar!, dachte der andere.

Und so wurde ihre gegenseitige Abneigung immer größer.

Der alte König, der vom Zwist seiner Söhne nichts ahnte, genoss die letzten Jahre seiner Regentschaft und verbrachte seine Tage damit, ruhig und in Gedanken versunken durch die königlichen Gärten zu spazieren. Sein einziger Kummer war, dass ihm nicht auch eine

Tochter geschenkt worden war, wären ihm Töchter doch ebenso lieb gewesen wie Söhne. Eines Tages, als er wieder einmal friedlich durch den Park lustwandelte, entdeckte er zwei ausgesetzte Babys, in einem Korb unter einer Weinlaube. Zwei süße, kleine Mädchen mit goldblondem Haar.

Der König war überglücklich. ›Die hat mir der Himmel geschickt, als krönenden Abschluss meines Lebens‹, rief er und trommelte die Königin, seine Minister, den Hofstaat und die gesamte Bevölkerung zusammen, um sie ihnen zu präsentieren.

›Diese hier werden wir *Sinn* nennen …‹, sagte er, obwohl er sich auf die ganze Sache keinen Reim machen konnte. ›Und jene dort *Verstand*‹, obwohl es eigentlich keinen Grund dafür gab. Und dann brachte man die beiden Prinzessinnen in den Palast, wo sie gemeinsam aufwuchsen.

Als der alte König starb, wurde das Königreich unter seinen beiden Söhnen aufgeteilt, mit der Bedingung, hinfort gemeinsam für das Wohl der jungen Prinzessinnen zu sorgen. Der eine Sohn ging zurück in den Süden und nannte sich von nun an *Abis Zett der Ungekürzte*, König von Wortopolis. Der andere zog nordwärts und gab sich den Namen *Mathemagikus*, Kaiser von Digitalien, Herr über Zahlheim. Beide hielten Wort und kümmerten sich um das Wohl der beiden Mädchen, die weiterhin in *Geist-Reich* lebten.

Aufgrund ihrer außergewöhnlichen Schönheit, ihrer Anmut sowie ihrer Begabung, alle Streitigkeiten gerecht und voller Vernunft zu schlichten, waren die Prinzessinnen bei jedermann und jederfrau beliebt. Von überallher kamen die Menschen, um sie um Rat zu fragen, immer dann, wenn es galt, Probleme zu lösen, Auseinandersetzungen beizulegen oder Missstände zu beheben. Ja, selbst die beiden Brüder, die mittlerweile begonnen hatten, sich gegenseitig das Leben schwer zu machen, suchten sie regelmäßig auf, damit sie ihnen beim Regeln der Staatsangelegenheiten unter die Arme griffen. Und obwohl man in Wortopolis und in Zahlheim über gewisse Dinge sehr unterschiedlich dachte – auf die beiden Prinzessinnen machten sich alle einen gemeinsamen Reim:

Überall in Stadt und Land
war allen Menschen bald bekannt,
dass nur mit ›Sinn‹ man und ›Verstand‹,
für alles eine Lösung fand.

Im Laufe der Jahre lebten sich die Brüder mehr und mehr auseinander. Ihre beiden Reiche wurden immer reicher und größer, ihre Meinungsverschiedenheiten allerdings auch. Trotzdem gelang es Sinn und Verstand mit ihrer unendlichen Geduld und Liebe, die Dinge zu regeln.

Aber dann kam es zu einem Streit, der größer war als alle anderen zuvor. König Abis Zett wetterte, Wörter wären wichtiger als alles andere auf der Welt. Mit anderen Worten, sein Königreich wäre die wahre Nummer 1. Und der Mathemagikus zeterte, Zahlen und Ziffern zählten Zigtausend Mal mehr als derart zersetzende Zitate und er werde nicht zögern zurückzuschlagen.

So tobten sie und beschimpften sich, bis die Spannungen zwischen ihnen so groß wurden, dass sie sich in einem Krieg zu entladen drohten. Da endlich beschlossen sie, Sinn und Verstand einzuschalten.

Nachdem diese tagelang hin und her gedacht und alle Be-, Hin- und Verweise gegeneinander abgewogen hatten, verkündeten sie ihren Richterspruch:

›Worte und Zahlen sind gleichermaßen wichtig, denn im großen Gewebe der Weisheit sind sie wie Kette und Schuss. Alle Sandkörner der Wüste zu zählen, ergibt nicht mehr Sinn, als jedem Stern einen Namen zu verpassen. Deswegen mögen beide Königreiche hinfort in Frieden miteinander leben.‹

Alle waren froh über diese Entscheidung. Alle, bis auf die beiden Brüder, die außer sich waren vor Ärger.

›Zu was sind diese Mädchen nütze, wenn sie sich bei einem Streit für keine Seite entscheiden können?‹, grummelten sie, denn beiden ging es mehr um ihren eigenen Vorteil als um die Wahrheit. ›Wir werden sie für immer aus dem Königreich verbannen.‹

Also wurden sie aus dem Palast geworfen und in die Verbannung geschickt – weit weg in das entlegene *Luftschloss*. Seitdem hat sie niemand mehr gesehen. Und deshalb geschieht heutzutage im ganzen Land alles ohne Sinn und Verstand.«

»Und was wurde aus den beiden Herrschern?«, fragte Milo.

»Die Prinzessinnen zu verbannen, war das Letzte, worauf sie sich einigen konnten. Schon bald brachen sie jeden Kontakt zueinander ab und begannen, sich zu bekriegen. Dem Wachstum ihrer Königreiche tat das keinen Abbruch, bloß das alte Geist-Reich verfiel, und wie es aussieht, ist auch niemand in Sicht, der die Dinge wieder zum Guten wenden könnte. Nun wisst ihr, wieso ich so lange hier ausharren muss, bis Sinn und Verstand zurückkommen.«

»Vielleicht können wir sie ja retten«, sagte Milo, als er sah, was für ein trauriges Gesicht Ma Kaber machte.

»Das ist leichter gesagt als getan«, antwortete sie.

»Das Luftschloss ist weit entfernt, und die einzige Stiege, die dorthin führt, wird von finsteren, niederträchtigen Dämonen bewacht.«

Tack knurrte argwöhnisch, denn schon der bloße Gedanke an Dämonen machte ihn wütend.

»Ich fürchte, ein kleiner Junge und ein Hund können da wenig ausrichten«, sagte sie. »Aber macht euch nichts draus, gar so schlecht geht es mir auch wieder nicht. Mit der Zeit habe ich mich an das Leben hier unten gewöhnt. Ihr aber solltet euch auf den Weg machen, sonst vertut ihr noch den ganzen Tag.«

»Oh, wir haben sechs Millionen Jahre aufgebrummt bekommen«, seufzte Milo, »da haben wir Zeit genug. Außerdem wüsste ich nicht, wie wir hier rauskommen könnten.«

»Unsinn«, schimpfte Ma Kaber. »Man darf Wachtmeister Kurz nicht so ernst nehmen. Er liebt es, Leute kurzerhand für lange Zeit ins Gefängnis zu stecken, aber ob sie dortbleiben, ist ihm herzlich egal. Also drückt einfach auf den Knopf da an der Wand, und dann macht euch auf den Weg.«

Milo drückte auf den Knopf, und tatsächlich: Vor ihnen tat sich eine Tür auf und machte den Blick frei auf einen sonnenlichtdurchfluteten Tunnel.

»Auf Wiedersehen«, rief ihnen Ma Kaber hinterher, als sie das Verlies verließen. Dann fiel die Tür ins Schloss.

Milo und Tack blieben wie geblendet stehen. Das Erste, was sie erblickten, nachdem ihre Augen sich an das strahlende Licht gewöhnt hatten, waren die Berater des Königs, die auf sie zueilten.

»Ah, da seid ihr ja.«

»Wo seid ihr denn abgeblieben?«

»Wir haben überall nach euch gesucht.«

»Das königliche Bankett fängt jeden Moment an.«

»Kommt mit! Sofort!«

Sie schienen sehr erregt und waren ganz außer Atem. Milo trabte hinter ihnen her. »Aber was ist mit meinem Auto?«, fragte er.

»Braucht ihr nicht«, antwortete der Baron.

»Fehl am Platz«, sagte Seine Eminenz.

»Überflüssig«, herrschte der Graf sie an.

»Unnötig«, stellte der Fürst fest.

»Unangebracht«, schrie der Ministerialdirigent. »Wir nehmen unser Gefährt.«

»Fuhrwerk.«

»Fahrbaren Untersatz.«

»Fiaker.«

»Wagen.«

»Kutsche.«

»Einspänner.«

»Kremser.«

»Chaise«, sagten sie in schneller Reihenfolge, einer

nach dem anderen, und deuteten auf einen kleinen hölzernen Kutschwagen.

Himmel, dachte Milo, als er mit Tack und den Kabinettsmitgliedern in den Wagen stieg, *schon wieder dieser Wortschwall.*

»Wie soll sich dieser Wagen denn fortbewegen?«, meinte er dann skeptisch, »der hat ja nicht mal …«

»Was soll das Misstrauen?«, mahnte der Baron, »zweifellos wird er sich bewegen!«

Und tatsächlich – kaum waren Milos Zweifel verflogen, schon begann der Wagen, sie rasch durch die Straßen zu kutschieren. Nur wenig später hatten sie ihr Ziel erreicht – den königlichen Palast.

7. DAS KÖNIGLICHE BANKETT

»Hier lang.«

»Mir nach.«

»Hopp, hopp.«

»Beeilung.«

»Auf geht's!«, riefen sie, sprangen aus dem Wagen und stürzten die breite Marmortreppe hinauf. »Wie stets«, murmelte Milo und blieb ihnen dicht auf den Fersen.

Es handelte sich um einen äußerst merkwürdigen Palast. Und hätte er es nicht besser gewusst, Milo hätte ihn für ein riesiges, aufrecht stehendes Buch gehalten, mit einem Eingangstor auf dem Buchrücken, ganz unten, genau da, wo normalerweise der Name des Verlages steht.

Nachdem sie den Palast betreten hatten, hasteten sie einen verspiegelten Korridor entlang, von dessen Decke kristallene Kronleuchter hingen. Links und rechts standen Lakaien, die sich förmlich vor ihnen verbeugten. Ihre Schritte hallten von den Wänden wider, und von dem Geflirr der um sie herumtanzenden Spiegelbilder wurde ihnen ganz schwindlig.

»Wir sind wahrscheinlich viel zu spät«, keuchte der

Fürst nervös, als sie durch die hohen Türen schritten und den Bankettsaal betraten.

Der Saal war riesig groß und erfüllt von lautem Stimmengewirr. Die Menschen saßen an einer langen, mit goldenen Tellern und Servietten aus feinstem Leinen gedeckten Tafel und redeten und diskutierten. Hinter jedem Stuhl stand ein Diener, und in der Mitte befand sich, ein wenig erhöht, ein mit purpurrotem Stoff bezogener Thron. Direkt dahinter, an der Wand und flankiert von den Fahnen von Wortopolis, prangte das königliche Wappen.

Milo entdeckte viele Leute, die er schon auf dem Marktplatz gesehen hatte. Der Buchstabenmann war damit beschäftigt, einer Gruppe Interessierter die Historie des W nahezubringen, und etwas weiter entfernt stritten sich die Buchstabiene und der Kackerlack buchstäblich um nichts. Wachtmeister Kurz strich durch die Menge und murmelte sein argwöhnisches »Schuldig, schuldig, schuldig« vor sich hin. Als er Milo bemerkte, blühte er sichtlich auf und raunte ihm im Vorbeigehen zu: »Sind die sechs Millionen Jahre schon vorbei? Kaum zu glauben, wie die Zeit vergeht!«

Alle schienen ziemlich ungehalten, dass das Essen so lange auf sich warten ließ. Dementsprechend dankbar nahmen sie die Ankunft der verspäteten Gäste zur Kenntnis.

»Freut mich außerordentlich, dass du es doch noch geschafft hast, alter Freund«, sagte der Kackerlack und schüttelte Milo herzlich die Hand. »Als Ehrengast ist es natürlich an dir, das Menü zusammenzustellen.«

Oje, dachte Milo, denn er hatte keine Ahnung, wie er das machen sollte.

»Mach vor allem schnell«, drängte die Buchstabiene. »Ich komme um vor Hunger, H-U-N-G-E-R.«

Während Milo versuchte, sich etwas einfallen zu lassen, ertönte ein ohrenbetäubender Trompetenstoß, und ein Knappe verkündete den aufgeschreckten Gästen:

»KÖNIG ABIS ZETT DER UNGEKÜRZTE.«

Der König schritt durch die Tür, eilte zur Tafel und richtete sich mit seiner gewaltigen Leibesfülle auf dem Thron ein. Dabei rief er gereizt: »Hinsetzen, alle miteinander. Nehmt Platz!«

Milo war in seinem Leben noch nie einem so dicken Mann begegnet. Er hatte einen mächtigen Bauch, große, stechende Augen, einen grauen, bis zur Taille hinabreichenden Bart und einen silbernen Siegelring am kleinen Finger seiner linken Hand. Auf dem Kopf trug er

eine kleine Krone, dazu ein Gewand, aufs Schönste bestickt mit sämtlichen Buchstaben des Alphabets.

»Was haben wir denn da?«, sagte er, während alle anderen ihren Platz einnahmen, und starrte Milo und Tack von oben herab an.

»Wenn ich uns vorstellen darf«, sagte Milo, »mein Name ist Milo, und das hier ist Tack. Herzlichen Dank für die Einladung zu diesem Bankett. Ihr Palast ist wirklich wunderschön.«

»Exquisit«, korrigierte der Baron.

»Großartig«, schlug Seine Eminenz vor.

»Hübsch«, empfahl der Graf.

»Bezaubernd«, ergänzte der Fürst.

»Reizend«, deutete der Ministerialdirigent an.

»GENUG«, fuhr der König dazwischen. »Nun, junger Mann, was habt Ihr zu unserer Unterhaltung beizutragen? Ein paar Liedchen? Geschichten? Gedichte? Könnt Ihr mit Tellern jonglieren? Irgendwelche akrobatische Kunststückchen? Heraus mit der Sprache!«

»Nichts von alledem«, gestand Milo.

»Was für ein unbedeutender kleiner Junge«, bemerkte der König. »Meine Güte! Die Mitglieder meines Kabinetts beherrschen alle möglichen Dinge. Der Baron hier kann aus jeder Mücke einen Elefanten machen. Seine Eminenz kann Haare spalten. Der Graf kann einem geschenkten Gaul ins Maul schauen. Der Fürst kann jeden

Pfennig dreimal umdrehen. Und der Ministerialdirigent«, fuhr er mit bedrohlichem Unterton fort, »kann am seidenen Faden hängen. Und du kannst wirklich überhaupt nichts?«

»Ich kann bis tausend zählen«, versuchte es Milo.

»A-A-R-G-H, Zahlen! Untersteh dich, hier jemals wieder Zahlen zu erwähnen. Die sind nur im äußersten Notfall erlaubt«, grummelte Abis Zett angewidert. »Und jetzt, wie wär's, wenn du und Tack hier neben uns Platz nehmt und mit uns zu Abend esst?«

»Du hast dir ja ganz bestimmt schon was für das Menü einfallen lassen?«, brachte sich der Kackerlack in Erinnerung.

»Nun«, sagte Milo, dem in diesem Moment bloß einfiel, was seine Mutter ihm immer mit auf den Weg gegeben hatte, wenn er bei fremden Leuten eingeladen war, nämlich nicht zu viel auf seinen Teller zu packen, höchstens ein kleines bisschen. »Wie wär's mit einem kleinen bisschen …?«

»Ein kleines Bisschen, na, bitte schön!«, rief der Kackerlack und machte ein Zeichen mit seinen Armen.

Im selben Moment trugen Bedienstete große Servierplatten in den Saal und stellten sie vor dem König auf den Tisch. Als dieser die Deckel hochhob, lag dort, fein säuberlich abgebissen, jeweils ein Stückchen Fleisch, Fisch und allerlei Gemüse.

»Aha, wir scheinen nicht die Ersten zu sein, die auf die Idee gekommen sind, das hier zu essen«, sagte der König, »und ausgesprochen viel ist es auch nicht gerade.« Er hatte Mühe, seine Abscheu zu verbergen. »Vielleicht

könntest du etwas Sättigenderes empfehlen?« Er klatschte in die Hände, die Platten wurden abgeräumt, und ohne lange nachzudenken schlug Milo vor: »Nun, in diesem Fall wollen wir tafeln …«

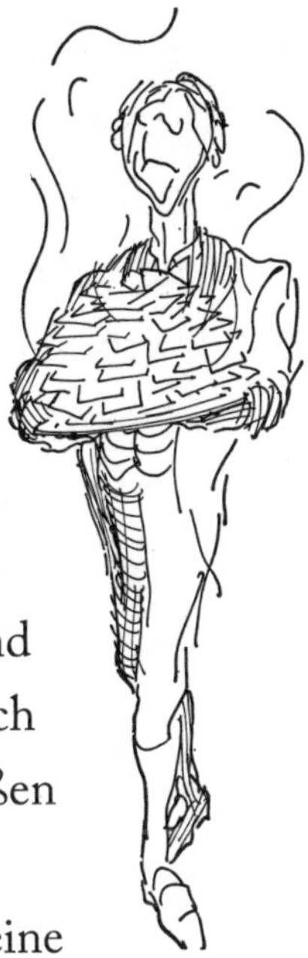

»Tafeln!«, wiederholte der Kackerlack, »na, bitte schön!«

Wieder klatschte der König in die Hände, und prompt erschienen die Diener und trugen Platten vor sich her, auf denen sich dampfende Tafeln türmten, in allen Größen und Farben.

»Aaa«, sagte die Buchstabiene, griff sich eine kleine Schiefertafel und biss hinein.

»Iii!«, schrie sie dann und ließ die Tafel angewidert zurück auf den Teller fallen. »Die schmecken ja scheußlich.«

Auch sonst schien niemand Geschmack an den Tafeln zu finden. Dem Kackerlack blieb sogar ein Stückchen einer Tontafel im Hals stecken, sodass er keinen Ton mehr hervorbrachte und fast erstickte.

»Zeit für die Tischreden«, verkündete der König, als die Platten mit den Tafeln hinausgetragen wurden und alle missgelaunt vor sich hin starrten. »Du fängst an«, befahl er und zeigte auf Milo.

»Eure Majestät, meine Damen und Herren«, begann

Milo zaghaft, »ich möchte diese Gelegenheit nutzen, um Ihnen zu sagen, dass alles in allem …«

»Genug! Das reicht!«, unterbrach ihn der König unwirsch. »Du redest ja ohne Punkt und Komma!«

»Stimmt nicht«, protestierte Milo, »vor Sätzen mit ›um zu‹ …«

»DER NÄCHSTE!«, bellte der König.

»Truthahnbraten, Kartoffelbrei, Vanilleeis«, machte der Kackerlack den Anfang und hüpfte nervös auf und ab.

Merkwürdige Rede, dachte Milo, denn er hatte in seinem Leben schon viele mitanhören müssen und die Erfahrung gemacht, dass sie anscheinend endlos lang zu sein hatten. Und langweilig.

»Hot Dogs, Maiskolben, Schokoladenpudding, P-U-D-D-I-N-G«, brachte die Buchstabiene vor, als sie an der Reihe war.

»Wiener Würstchen, saure Gurken, Erdbeermarmelade«, rief der Wachtmeister Kurz. Dabei blieb er einfach sitzen, weil er so größer war als im Stehen.

Und so ging es reihum weiter. Jeder Gast stand kurz auf, hielt seine Rede und nahm wieder Platz. Als der Letzte sich gesetzt hatte, wuchtete der König sich aus seinem Thron.

»Pâté de Foie gras, Soupe à l'Oignon, Faisan sous Cloches, Salade Endive, Fromages et Fruits et Demi-

Tasse«, sagte er bedächtig und klatschte erneut in die Hände.

Wieder erschienen die Kellner auf der Bildfläche. Auf großen Tabletts brachten sie Ess- und Suppenteller herein, aus kostbarem Porzellan mit silbernen Cloches darüber – zum Warmhalten –, und stellten sie auf der Tafel ab. Auf ihnen befanden sich genau die Worte, die jeder Gast von sich gegeben hatte, und alle machten sich sofort daran, sie mit Genuss zu verspeisen.

»Hau rein«, sagte der König, stupste Milo mit dem Ellbogen in die Seite und blickte missbilligend auf dessen Teller. »Ich kann nicht gerade behaupten, dass mich deine Wahl sehr überzeugt.«

»Ich hab ja nicht gewusst, dass man mir meine eigenen Worte auf diese Art in den Mund legen würde«, wehrte sich Milo.

»Aber ja doch, selbstverständlich. Das macht man hier mit jedem«, sagte der König schmatzend. »Du hättest einfach eine geschmackvollere Tischrede halten sollen.«

Milo schaute auf die eifrig futternde Runde um sich herum. Dann lenkte er seinen Blick erneut auf seinen eigenen, wenig verlockenden Teller. Was dort lag, machte in der Tat keine große Lust, es sich einzuverleiben, und dabei hatte er doch einen Mordshunger.

»Greif zu«, sagte der Baron und hielt ihm den Brotkorb vor die Nase, »hier drin befindet sich etwas für jedes und jeden ...«

»*Windbeutel*«, meinte der Graf.

»*Schusterjungen*«, pflichtete Seine Eminenz bei.

»*Milchbrötchen*«, grinste der Baron.

»Macht den armen Kerl doch nicht zur *Schnecke*«, kicherte der Ministerialdirigent.

»Wir wollen doch nur seine Lebensgeister *Wecken*«, prustete der Fürst mit vollem Mund und verschluckte sich.

»Da waren die Augen wohl wieder mal größer als der Mund«, tadelte der Baron und klopfte dem nach Luft schnappenden Fürsten auf den Rücken.

»Zum einen Ohr rein«, höhnte der Graf, als er sah, wie der Fürst sich bemühte, die Worte des Barons in den Kopf zu kriegen, »zum anderen wieder raus.«

»Wie gewonnen, so zerronnen«, keifte Seine Eminenz.

»Vom Regen in die Traufe«, rief der Ministerialdirigent, und schon stand er da wie ein begossener Pudel.

»Das heißt noch lange nicht, dass Sie mich nass machen müssen«, schrie der Fürst und ging wütend auf die anderen los.

Und damit ließen die Berater des Königs endgültig alle fünfe gerade sein, fielen übereinander her und veranstalteten ein mordsmäßiges Handgemenge unter dem Tisch.

»SCHLUSS JETZT!«, donnerte Abis Zett, »oder ich schick euch in die Verbannung, alle miteinander!«

»Sorry.«

»Verzeiht.«

»Bitte um Vergebung.«

»Pardon.«

»Nichts für ungut«, entschuldigten sie sich einer nach dem anderen, nahmen wieder ihre Plätze ein und warfen sich bitterböse Blicke zu.

Der Rest des Essens verlief schweigend, bis der König sich die Soßenflecke von seiner Weste wischte und den Nachtisch orderte. Milo, der noch immer nichts gegessen hatte, hob erwartungsvoll den Blick.

»Heute gibt es einen ganz besonderen Leckerbissen«, sagte der König, als der Duft von frisch Gebackenem durch den Bankettsaal zog. »Auf königlichen Befehl haben die Chefkonditoren die ganze Nacht in der Halbgarküche verbracht, um sicherzustellen, dass ...«

»In der Halbgarküche?«, fragte Milo.

»Wo denn sonst?!«, schnaubte der König. »Was meinst du denn, wo Halbgarheiten sonst herkommen? Und nun hör bitte auf, mich zu unterbrechen! Also, auf königlichen Befehl haben die Chefkonditoren die ganze Nacht damit verbracht ...«

»Und was sind Halbgarheiten?«, fragte Milo weiter.

»Dasselbe wie Halbwahrheiten. Und jetzt sei endlich still!«, herrschte Abis Zett ihn an. Doch bevor er noch von Neuem ansetzen konnte, wurden drei große Servierwagen in den Saal geschoben, und alle sprangen auf, um sich selbst zu bedienen.

»Sehr verführerisch, diese Halbwahrheiten«, erklärte der Kackerlack. »Und ganz nach dem Geschmack der Leute. Das heißt aber nicht, dass sie einem immer gut bekommen. Diese hier sieht allerdings besonders lecker aus.« Er reichte sie Milo, und trotz einer dicken Schicht aus Puderzucker und Nüssen konnte er erkennen, was dort stand: »DIE ERDE IST EINE SCHEIBE.«

»Die haben die Menschen jahrhundertelang geschluckt«, erläuterte die Buchstabiene. »Heutzutage ist sie allerdings nicht mehr ganz so gefragt, G-E-F-R-A-G-T.« Und damit griff sie sich eine etwas längere:

»DER MOND IST EIN SCHIMMELKÄSE.« Aber sie war so hungrig, dass sie das »KÄSE«-Stück gleich abbiss. »So«, sagte sie kauend und grinste, »das ist nun sogar ganz und *gar* halbgar.«

Milo betrachtete die große Auswahl an Halbgarheiten und Halbwahrheiten. Doch bevor er richtig dazu kam, sie zu lesen, hatte sie schon jemand geschluckt. Der Graf mampfte genüsslich »EIN UNGLÜCK KOMMT SELTEN ALLEIN«, und der König teilte »UND ZWEITENS, WENN MAN DENKT« in mundgerechte Stücke.

»Wenn ich du wäre, würde ich nicht zu viel davon schlucken«, mahnte Tack. »Mögen ja gut aussehen, aber sie können einem mächtig auf den Magen schlagen.«

»Keine Sorge«, antwortete Milo, »ich pack mir bloß eine ein, für später.« Und dann nahm er sich »ALLES HAT SEIN GUTES« und wickelte es in seine Papierserviette. »Wer weiß, wozu das gut ist …«

8. FREIWILLIGE VOR

»Ende Gelände«, ächzte der Baron, »ich krieg nichts mehr runter.« Dabei hielt er sich den Bauch.

»Mein lieber Herr Gesangsverein«, pflichtete Seine Eminenz ihm bei und hatte Mühe, tief durchzuatmen.

»M-m-m-m-f-f-m-m«, schnaufte der Fürst und versuchte, einen letzten Bissen runterzuwürgen.

»Ich bin so was von voll«, seufzte der Graf und löste seinen Gürtel.

»Pappsatt«, grunzte der Ministerialdirigent und griff nach dem letzten Backwerk »ALLES HAT EIN ENDE, NUR DIE WURST HAT ZWEI«.

Als alle fertig gegessen hatten, hörte man bloß noch das Knarren von Stühlen, Tellergeklapper, das sanft schmatzende Geräusch, das entsteht, wenn man Löffel ableckt, und – natürlich – den Kackerlack.

»Was für ein köstliches Mahl, aufs Delikateste zubereitet und mit großer Eleganz auf den Tisch gezaubert«, verkündete er, ohne sich an jemand Bestimmtes zu wenden. »Ein selten schönes Fest der Sinne. Meine tiefste Bewunderung für den Küchenchef, in der Tat, meine tiefste Bewunderung für den Küchenchef.« Dann verzog er sein Gesicht zu einer Grimasse, wandte sich Milo zu und japste: »Wärst du so lieb, mir ein Glas Wasser zu bringen? Ich scheine eine leichte Magenverstimmung zu haben.«

»Vielleicht hast du einfach zu schnell zu viel gegessen«, bemerkte Milo voller Anteilnahme.

»Zu schnell zu viel, zu schnell zu viel« schnaufte der unglückselige Kackerlack zwischen zwei großen Schlucken. »Ja, ja. Das wird's wohl sein – zu schnell zu viel. Ich hätte wahrscheinlich lieber zu langsam zu wenig essen sollen, oder zu viel zu langsam, oder zu schnell zu wenig. Oder ich hätte mir den ganzen Tag Zeit nehmen sollen, gar nichts zu essen, oder alles im Nullkommanichts, oder ab und zu ein Häppchen egal wie schnell, oder aber …« Er schnappte nach Luft. »Schnell, das wird mir langsam zu viel.« Und damit fiel er erschöpft auf den Stuhl, den Milo ihm gerade noch rechtzeitig unterschieben konnte, und gab nur noch ein undeutliches Gemurmel von sich.

»Alle mal herhören! Aufgepasst!«, meldete sich der König zu Wort, sprang auf und schlug mit der Faust auf den Tisch. Aber seine Aufforderung verhallte völlig ungehört, denn kaum hatte er seine Stimme erhoben, erhoben sich auch alle anderen, stürmten mit Ausnahme von Milo, Tack und dem total verstörten Kackerlack aus dem Saal, rannten die Treppe runter und verließen den Palast.

»Meine lieben Freunde. Getreue Untertanen«, fuhr Abis Zett fort, und die Decken und Wände des fast leeren Saals warfen das Echo seiner Stimme auf ihn zurück, »wieder mal haben wir im Rahmen dieser Gala die Gelegenheit …«

»Verzeiht«, hüstelte Milo so rücksichtsvoll wie möglich, »aber es ist niemand mehr da.«

»Ich hatte gehofft, es würde niemandem auffallen«, sagte der König traurig. »Das passiert jedes Mal.«

»Sind alle zum Abendessen aufgebrochen«, erklärte der Kackerlack wimmernd und brach kurz ab. Dann stöhnte er: »Und sobald ich wieder zu Atem komme«, er warf einen kurzen Blick auf den gebrochen dasitzenden König, »werde ich ihrem Beispiel folgen.«

»Das ist doch lächerlich. Direkt nach einem Bankett? Kriegen die den Hals denn nie voll?!«, fragte Milo.

»SKANDALÖS!«, schrie der König. »Wir werden dem ein sofortiges Ende bereiten. Von jetzt an muss jeder, auf königlichen Befehl, sein Abendessen vor dem Bankett einnehmen.«

»Aber das ergibt doch genauso wenig Sinn«, wandte Milo ein.

»Du meinst wohl, genauso *viel* Sinn«, verbesserte ihn der Kackerlack. »Dinge, die gleichermaßen sinnlos sind, sind auch gleichermaßen sinnvoll. Versuch's mal, von der positiven Seite aus zu betrachten.«

»Ich weiß überhaupt nicht mehr, von welcher Seite ich irgendwas betrachten soll«, protestierte Milo. »Das ist alles so verwirrend, und deine Worte machen es nur noch schlimmer.«

»Wie wahr«, sagte der unglückliche König und stützte sein majestätisches Kinn auf seine königliche Faust, während er Gedanken an die guten alten Zeiten nachhing. »Es muss doch irgendetwas geben, was wir dagegen unternehmen können.«

»Ein Gesetz erlassen«, schlug der Kackerlack vor und strahlte.

»Von denen gibt es schon jetzt fast so viele wie Worte«, grummelte der König.

»Eine Belohnung aussetzen«, legte der Kackerlack nach.

Der König schüttelte den Kopf, und sein Blick wurde immer trauriger.

»Nach Hilfe suchen.«

»Verhandeln.«

»Die Reißleine ziehen.«

»Einschreiten.«

»Klare Kante zeigen.«

»Sich abfinden.«

»Den Brotkorb höher hängen.«

»Einen Riegel vorschieben«, schrie der Kackerlack, hüpfte von einem Bein zum anderen und fuchtelte wild mit den Armen. Erst ein wütender Blick des Königs in seine Richtung brachte ihn zum Schweigen, und dazu, sich schnell wieder hinzusetzen.

»Und wenn Ihr Prinzessin Sinn und Verstand erlauben würdet, zurückzukehren?«, fragte Milo leise, denn er hatte schon die ganze Zeit auf eine Gelegenheit gewartet, genau das vorzuschlagen.

»Ja, das wäre was«, sagte Abis Zett, richtete sich auf und rückte seine Krone zurecht. »Die beiden konnten einem zwar ganz schön auf die Nerven gehen, und doch – solange sie noch hier waren, ging alles seinen geregelten Gang.« Während er das sagte, lehnte er sich auf seinem Thron zurück, verschränkte die Arme hinter seinem Kopf und ließ seinen Blick nachdenklich hinauf zur Decke schweifen. »Aber ich fürchte, das ist unmöglich.«

»Na sicher, das ist unmöglich«, wiederholte der Kackerlack.

»Warum?«, fragte Milo.

»Ja warum eigentlich?«, rief der Kackerlack, der sich auf beiden Seiten einer Auseinandersetzung zu Hause zu fühlen schien. Je nachdem, woher der Wind gerade wehte.

»Viel zu schwierig«, antwortete der König.

»Genau«, unterstrich der Kackerlack, »viel zu schwierig.«

»Nicht, wenn Ihr es wirklich wollen würdet«, ließ Milo nicht locker.

»Absolut richtig. Nicht, wenn Ihr es wirklich wollen würdet«, stimmte der Kackerlack ein.

»Und wie soll das gehen?«, fragte Abis Zett und starrte den Kackerlack zornig an.

»Ja wie soll das gehen?«, hakte Milo nach und schaute in dieselbe Richtung.

»Nichts einfacher als das«, begann der Kackerlack

und verspürte ganz plötzlich den heftigen Wunsch, irgendwo weit weg zu sein. »Für einen tapferen Knaben mit dem Herzen auf dem rechten Fleck, einen standhaften Hund und ein betriebsbereites kleines Automobil kein Problem.«

»Mach weiter«, forderte ihn der König auf.

»Ja, nur zu«, pflichtete ihm Milo bei.

»Das Einzige, was er machen müsste«, fuhr die aufgescheuchte Schabe fort, »ist, sich kilometerweit durch grauenvolle und höchst gefährliche Gegenden zu schlagen, unbekannte Täler und unerforschte Wälder zu durchqueren, gähnende Abgründe und weglose Wüsten zu überwinden, so lange, bis er schließlich Zahlheim erreicht (das heißt, für den Fall, dass er überhaupt dort ankommen sollte). Dann müsste er dem Mathemagikus sein Einverständnis aus den Rippen leiern, wohl wissend, dass dieser nie irgendeiner Sache zustimmen dürfte, der auch Ihr zugestimmt habt. Und selbst wenn, täte er es tatsächlich, wärt mit Sicherheit Ihr es, der sein Einverständnis zurückziehen würde.

Von diesem Zeitpunkt an wäre es ein Leichtes, zu den Gipfeln der Unwissenheit vorzudringen, inklusive ihrer halsbrecherischen Fallgruben natürlich, ihres ominösen Blendwerks und ihrer Irrlichter – einer Gegend, in die sich viele aufgemacht haben, aus der jedoch nur wenige zurückgekehrt sind und in der finstere Dämonen sich auf der Suche nach fetter Beute langsam von Gipfel zu Gipfel schleichen. Nun gälte es nur noch, sich nachts (denn dort herrscht immer Nacht!) die spielend leicht zu bewältigenden zweitausend Stufen der Wendeltreppe zum Luftschloss hochzukämpfen, bei tosendem Sturm und ohne Geländer.«

Er hielt kurz inne, um Luft zu holen. Dann begann er von Neuem.

»Nach einer angenehmen Unterhaltung mit den Prinzessinnen Sinn und Verstand stünde ihm nun bloß noch eine geruhsame Rückreise durch jene chaotischen Klippen bevor, deren furchterregende Bewohner sich geschworen haben, jeden Eindringling in Stücke zu reißen und mit Haut und Haar zu verschlingen.

Dann, schließlich, am Ende des langen Rückwegs, wartet bloß noch die triumphale Willkommensparade (natürlich nur, wenn noch jemand zum Paradieren da ist), gefolgt von einer Runde heißer Schokolade und Plätzchen für alle.« Der Kackerlack machte eine tiefe Verbeugung und setzte sich wieder hin, sehr zufrieden mit sich selbst.

»Ich hatte ja keine Ahnung, wie einfach das Ganze ist«, sagte der König, strich sich über den Bart und strahlte.

»In der Tat, ziemlich einfach«, pflichtete die Schabe ihm bei.

»Für mich hört sich das eher gefährlich an«, sagte Milo.

»Gefährlich, und ob. Sehr gefährlich«, murmelte der Kackerlack, der sich selbst jetzt noch bemühte, es allen recht zu machen.

»Und wer soll diese Reise unternehmen?«, fragte Tack, der den Ausführungen des Kackerlacks aufmerksam zugehört hatte.

»Eine sehr gute Frage«, bemerkte der König. »Aber da gibt es noch ein sehr viel ernsteres Problem.«

»Und das wäre?«, fragte Milo, dem der Verlauf, den ihre Unterhaltung genommen hatte, gar nicht gefiel.

»Ich fürchte fast, das kann ich dir erst verraten, wenn ihr wieder zurück seid«, rief der König und klatschte dreimal in die Hände. Kaum hatte er das getan, strömten die Diener in den Saal und räumten in Windeseile alles ab – Geschirr, Tafelsilber, Tischdecken, Tafel, Stühle, Festsaal und zum Schluss den ganzen Palast, sodass sich die vier mir nichts, dir nichts auf dem Marktplatz wiederfanden.

»Ich muss euch wohl nicht sagen, wie gern ich mich selbst auf diese Reise begeben würde«, fuhr Abis Zett fort und schritt über den Platz, als wäre nicht das Geringste passiert. »Aber es war schließlich eure Idee, und die Ehre und der Ruhm gebührt ganz allein euch.«

»Nun ja, aber ich …«, stotterte Milo.

»Wortopolis ist dir zu ewigem Dank verpflichtet, mein Junge«, unterbrach ihn der König, legte einen Arm um Milos Schultern und klopfte Tack mit der anderen Hand anerkennend auf den Rücken. »Ihr werdet auf eurer Reise einer Menge Gefahren ausgesetzt sein, aber keine Angst, hier habt ihr etwas, das euch schützen wird.«

Und damit zog er eine kleine, schwere Schachtel aus seinem Umhang, nicht größer als ein Schulbuch, und drückte sie Milo feierlich in die Hand.

»In dieser Schachtel befinden sich alle Wörter, die ich kenne«, sagte er. »Auch wenn ihr die meisten nie und nur wenige ständig brauchen werdet, so könnt ihr doch mit ihnen alle Fragen stellen, die noch nie jemand beantwortet hat, und alle Fragen beantworten, die noch nie jemand gestellt hat. Alle wichtigen Bücher der Vergangenheit und all diejenigen, die noch kommen werden, setzen sich aus diesen Wörtern zusammen. Mit ihrer Hilfe gibt es kein Hindernis, welches ihr nicht überwinden könntet. Ihr müsst nur lernen, sie in der richtigen Weise und zur rechten Zeit zu benutzen.«

Milo nahm das Geschenk mit einem Dankeschön entgegen, dann begab sich die kleine Gruppe zum Auto, das immer noch am Rand des Platzes geparkt war.

»Natürlich braucht ihr auch jemanden, der euch den Weg weist«, sagte der König, »und da er die Klippen und Hindernisse ja ganz offensichtlich so gut kennt wie kein Zweiter, hat sich der Kackerlack freiwillig und mit Freuden dazu bereit erklärt, euch zu begleiten.«

»Also, das ist ja wohl ...«, protestierte die Schabe, denn das war das Letzte, wonach ihr der Sinn stand.

»Ihr werdet sehen, wie zuverlässig er ist, wie tapfer, einfallsreich und treu ergeben«, fuhr Abis Zett fort, und der Kackerlack war von diesen Schmeicheleien so überwältigt, dass er völlig vergaß, Einspruch zu erheben.

»Er wird ganz sicher eine große Hilfe sein«, rief Milo, als sie mit dem Auto den Platz überquerten.

Na hoffentlich, dachte Tack insgeheim, denn er war sich da gar nicht so sicher.

»Viel Glück, viel Glück! Seid um Himmels willen vorsichtig!«, rief der König ihnen noch hinterher, dann hatten sie die Straße erreicht und machten sich auf den Weg.

Milo und Tack fragten sich, welche seltsamen Abenteuer noch vor ihnen liegen mochten. Der Kackerlack zerbrach sich den Kopf darüber, wie es bloß dazu hatte kommen können, dass er in ein solch halsbrecherisches Unternehmen hineingeraten war. Und die Menge winkte und klatschte begeistert Beifall, denn sowenig recht es ihnen war, wenn jemand den Weg zu ihnen fand, so erfreut waren sie über jeden, der wieder das Weite suchte.

9. Schöne An- und Aussichten

Schon bald war auch die letzte Spur von Wortopolis hinter ihnen verschwunden, und vor ihnen lagen jene geheimnisumwitterten, unerforschten Weiten, die das Königreich der Worte vom Königreich der Zahlen trennten. Es war später Nachmittag, und die Sonne hing wie eine riesenhafte Orange über den Bergen, die in der Ferne aufragten. Ein freundlich kühles Lüftchen umwehte das Auto, und die Büsche und Bäume warfen immer längere Schatten, die sich träge über die Landschaft legten.

»Ah, die offene Landstraße«, rief der Kackerlack der untergehenden Sonne entgegen, »die staubige Chaussee, die Brachfelder und Alleen.« Er atmete tief ein und aus und hatte sich ganz offensichtlich mit seinem Schicksal abgefunden. »Oh, Hauch von Abenteuer, Lockruf des Unbekannten, Herausforderung hehrer Suche nach Sinn und Verstand. Was für eine großartige Aufgabe!« Mit sich selbst in höchstem Maße zufrieden, verschränkte er seine Arme vor der Brust, lehnte sich zurück und ließ es gut sein.

Ein paar Minuten später hatten sie das offene Land hinter sich gelassen und fuhren in einen dichten Wald.

TRAUMSTRASSE:
AUSSICHTSPUNKT IMMER GERADEAUS

verkündete ein ziemlich großes Schild am Straßenrand. Aber entgegen der Ankündigung sah man auch weiterhin nichts als Bäume und immer mehr Bäume. Je tiefer das Auto in den Wald hineinsauste, desto dicker, höher und belaubter wurden sie. Doch dann, als die Baumkronen ihnen die Sicht auf den Himmel vollends versperrten, hörte der Wald urplötzlich auf. Die Straße wand sich um einen breiten Felsvorsprung und gab den Blick frei auf das beeindruckende Panorama der sattgrünen Landschaft, die sie gerade durchquert hatten.

»Was für eine bemerkenswerte Aussicht«, verkündete der Kackerlack und sprang so stolz aus dem Auto, als hätten sie das alles allein ihm zu verdanken.

»Ist das nicht wunderschön?«, entfuhr es Milo.

»Ansichtssache«, antwortete eine fremde Stimme. »Kommt ganz auf den Blickwinkel an.«

»Wie bitte?«, fragte Milo überrascht, weil er nicht erkennen konnte, wer gerade gesprochen hatte.

»Ich habe gesagt, kommt ganz auf den Blickwinkel an. Auf den Standpunkt. Die Sicht der Dinge.«

Milo drehte sich um und sein Blick fiel auf ein Paar brauner, blank geputzter Schuhe, denn vor ihm stand (wenn »stehen« der richtige Ausdruck für jemanden ist, der in der Luft hängt) ein Junge in seinem Alter, dessen Füße gut einen Meter über dem Boden schwebten.

»Zum Beispiel«, redete der Junge weiter, »solltest du auf Wüsten stehen, könnte es sein, dass du das hier ganz und gar nicht schön findest.«

»Stimmt«, sagte der Kackerlack, der niemandem widersprechen wollte, der so offensichtlich den Boden unter den Füßen verloren hatte.

»Zum Beispiel«, fuhr der Junge fort, »wären Weihnachtsbäume Menschen und Menschen Weihnachtsbäume, dann würde man uns im Winter allesamt abhacken, im Wohnzimmer aufstellen und mit Lametta behängen. Und die Bäume würden unsere Geschenke auspacken.«

»Was hat denn das damit zu tun?«, fragte Milo.

»Nichts«, antwortete er, »aber die Vorstellung klingt doch ganz interessant, oder?«

»Wie stellst du es eigentlich an, da oben zu stehen?«, kam Milo auf den Boden der Tatsachen zurück.

»Gerade wollte ich dir eine ganz ähnliche Frage stellen«, antwortete der Junge. »Du scheinst viel älter zu sein, als du aussiehst, so fest, wie du auf der Erde stehst.«

»Was soll das heißen?«, fragte Milo.

»Nun ja«, meinte der Junge, »in meiner Familie wird jeder in der Luft geboren, den Kopf auf genau der gleichen Höhe, die er auch als Erwachsener haben wird. Und von da an geht's bergab. Mit anderen Worten: Wir wachsen ständig in Richtung Boden. Und erst wenn wir völlig ausgewachsen sind – besser gesagt herabgewachsen –, berühren unsere Füße den Boden. Erst dann sind wir bodenständig, sozusagen. Selbstverständlich gibt es bei uns auch einige, deren Füße den Boden nie erreichen, egal wie alt sie werden, aber ich nehme an, das kommt in den besten Familien vor.«

Er machte ein paar Luftsprünge zur Seite, hüpfte zurück an seinen Ausgangspunkt und machte weiter, wo er aufgehört hatte.

»Du musst jedenfalls schon sehr alt sein, dass du bereits auf dem Boden angekommen bist.«

»Nein«, sagte Milo ernsthaft. »In meiner Familie fangen wir nämlich alle ganz unten an und werden dann großgezogen. Wie groß genau wissen wir erst, wenn wir erwachsen sind.«

»Was für ein unsinniges System.« Der Junge lachte. »Dann ändert euer Kopf ja andauernd seine

Höhe, und ihr seht die Dinge ständig aus einem anderen Blickwinkel? Das heißt, mit fünfzehn seht ihr die Dinge völlig anders als mit zehn, ja? Und mit zwanzig ist schon wieder alles anders.«

»Mag sein«, antwortete Milo, denn er hatte noch nie darüber nachgedacht.

»Wir sehen die Dinge immer vom selben Blickwinkel aus«, fuhr der Junge fort. »Das macht viel weniger Probleme. Außerdem hat es viele Vorteile, runter- und nicht raufzuwachsen. Zum Beispiel tut man sich, solange man noch klein ist und andauernd hinfällt, in der Luft niemals weh. Außerdem bekommt man nicht ständig Ärger, weil man seine Schuhsohlen zu schnell durchlatscht oder Schleifspuren auf dem Boden hinterlässt. Schließlich ist da nichts, auf dem man sie durchlaufen könnte, und der Boden ist einen Meter von einem entfernt.«

Wo er recht hat, hat er recht, dachte Tack. Gleichzeitig fragte er sich, wie die Hunde einer solchen Familie das wohl finden würden.

»Aber natürlich ist das nicht die einzige Möglichkeit, die Dinge zu betrachten«, bemerkte der Junge. »Du, zum Beispiel, hattest heute einen O-Saft zum Frühstück, ein weich gekochtes Ei, ein Marmeladenbrot und einen Becher Milch«, sagte er zu Milo gewandt. »Und du regst dich ständig über Leute auf, die ihre Zeit verplempern«, sagte er zu Tack. »Und du liegst mit dem, was du sagst, praktisch nie richtig«, sagte er und deutete mit dem Finger auf den Kackerlack. »Und wenn, dann bloß aus Versehen.«

»Das ist stark übertrieben«, protestierte der Kackerlack wütend. Er wollte nicht wahrhaben, dass all das mit bloßem Auge zu erkennen sein sollte.

»Erstaunlich«, schnaufte Tack.

»Woher weißt du das alles?«, fragte Milo.

»Ganz einfach«, sagte er stolz. »Ich bin Alex Bing; durchschaue jedes Ding. Ich sehe alles, egal ob es in einem Ding drinnen steckt, dahinter oder drum herum. Ob es verdeckt ist oder sich erst aus etwas anderem ergibt. Bloß das, was sich direkt vor meiner Nase abspielt, krieg ich nicht mit.«

»Ist das auf Dauer nicht recht anstrengend?«, fragte Milo, der vom ständigen Hochgucken langsam einen steifen Hals bekam.

»Ein wenig schon«, antwortete Alex, »aber zu erfahren, was hinter den Dingen steckt, ist nun mal ziemlich wichtig, und meine Familie hilft mir, das Offensichtliche nicht aus den Augen zu verlieren. Mein Vater hat den Weitblick, meine Mutter sieht mir alles nach, mein Bruder sieht über den Tellerrand, mein Onkel sieht die Dinge von der anderen Seite, meine Tante ist ein schöner Anblick und meine kleine Schwester Alice guckt unter alles und jedes.«

»Wie kann sie unter alles gucken, wenn sie ständig da oben schwebt?«, grummelte der Kackerlack.

»Na ja«, sagte Alex beiläufig und schlug ein gepflegtes Rad. »Alles, unter was sie nicht gucken kann, übersieht sie einfach.«

»Meinst du, auch ich könnte was aus deiner Warte sehen?«, erkundigte Milo sich höflich.

»Glaub schon. Aber nur, wenn du dich bemühst, die Dinge aus der Sicht der Erwachsenen zu betrachten.«

Milo strengte sich an, so doll er konnte, und wirklich, als er alle seine Kräfte zusammennahm, hoben sich seine Füße ganz langsam vom Boden ab, bis sein Kopf direkt neben dem von Alex Bing stehen blieb. Blitzschnell schaute er sich um. Einen Augenblick später landete er bereits wieder unsanft auf dem Boden.

»Interessant, oder?«, fragte Alex.

»Ja, schon«, gab Milo zu, rieb sich den Kopf und klopfte den Staub von seiner Hose. »Aber eigentlich war mir das zu hoch. Ich betrachte die Dinge doch lieber aus der Kinderperspektive. Da fällt man nicht so tief.«

»Eine weise Entscheidung, zumindest für den Augenblick«, sagte Alex. »Jeder sollte seine eigene Ansicht haben.«

»Na ja«, brummte Tack und schaute aufmerksam auf die vor ihnen liegende Landschaft. »Man kann sie aber auch mit anderen teilen, so wie die Aussicht hier.«

»Der Ansicht bin ich ganz und gar nicht«, widersetzte sich Alex, bevor er sich wieder setzte. »Die Dinge immer bloß so sehen zu wollen wie alle anderen, ist doch absolut aussichtslos. Von hier oben sieht das da unten zum Beispiel ganz so aus wie ein Wassereimer«, sagte er und deutete auf einen Wassereimer. »Aber aus Sicht einer Ameise sieht das aus wie ein Ozean, aus der eines Elefanten wie ein Schnapsglas und für einen Fisch wie sein Zuhause. Da siehst du, wie sehr die Dinge davon abhängen, aus welchem Blickwinkel wir sie betrachten. Okay, und jetzt kommt mit. Ich zeig euch den Rest des Waldes.«

Schon flitzte er durch die Luft davon und blieb bloß ab und zu kurz stehen, um Milo, Tack und den Kackerlack heranzuwinken. Die drei stolperten hinter Alex her, so gut das am Boden möglich war.

»Wachsen hier alle so wie du?«, schnaufte Milo, als er ihn eingeholt hatte.

»Eigentlich schon«, erwiderte Alex, hielt an und dachte kurz nach. »Obwohl, ab und zu fängt auch mal einer an, falsch herum zu wachsen. Statt in Richtung Boden wachsen seine Beine dann himmelwärts. Aber wir tun, was wir können, um solche heiklen Dinge zu verhindern.«

»Und?«, hakte Milo nach, »was passiert mit *so* jemandem?«

»Merkwürdigerweise werden sie oft bis zu zehnmal größer als alle anderen«, sagte Alex nachdenklich, »ja, manche behaupten sogar, sie könnten zwischen den Sternen herumspazieren.« Und damit sprang er wieder davon, dem wartenden Wald entgegen.

10. EINE FARBENFROHE SINFONIE

Wie sie so weiterliefen, rückten die hohen Bäume wieder näher und formten sich zu einem prächtig anzuschauenden Laubgewölbe. Die Sonne ließ ihre spätnachmittäglichen Strahlen von Blatt zu Blatt hüpfen. Sie glitten über Zweige und Äste, liefen die Stämme herunter und tropften auf den Boden, wo sie zu warm leuchtenden Pfützen zusammenflossen. Die Luft wurde erfüllt von einem sanften Schimmern, gegossen aus jenem besonderen Licht, das alle Dinge näher rücken lässt, so scharf und klar, dass man meint, sie mit der ausgestreckten Hand berühren zu können.

Alex rannte lachend und rufend voraus, stieß jedoch schon bald auf ernsthafte Schwierigkeiten, und das im wahrsten Sinne des Wortes. Denn während er immer schon den nächsten Baum im Blick hatte, nahm er den direkt vor ihm stehenden nie wahr und stieß ständig mit einem zusammen. Nachdem sie einige Minuten wild herumgehetzt waren, machten sie kurz halt, um wieder zu Atem zu kommen.

»Ich glaube, wir haben uns verlaufen«, japste der Kackerlack und sank erschöpft in einen Beerenstrauch.

»Unsinn!«, rief Alex von dem hohen Ast herunter, auf dem er sich niedergelassen hatte.

»Weißt du denn, wo wir sind?«, fragte Milo.

»Na klar«, antwortete er, »wir sind haargenau da, wo wir sind. Schließlich ist das Problem beim Verirren nie, nicht zu wissen, wo man ist, sondern wo man nicht ist. Und wo ich nicht bin, ist mir völlig egal.«

Das, was Alex von seinem Ast aus dozierte, war dem Kackerlack viel zu hoch, und auch Milo hatte seine liebe Mühe damit. Gerade ließ er es sich noch mal durch den Kopf gehen, als Alex meinte: »Wenn ihr mir nicht glauben wollt, fragt doch einfach den Riesen.« Und damit zeigte er auf ein kleines Haus, das zwischen zwei besonders hochgewachsenen Bäumen eingeklemmt war.

Milo und Tack gingen zur Eingangstür. Auf dem über ihr angebrachten Messingschild stand einfach nur »DER RIESE«. Sie klopften.

»Guten Tag«, sagte der völlig normal große Mann, der ihnen die Tür öffnete.

»Sind Sie der Riese?«, fragte Tack skeptisch.

»Na sicher«, antwortete er stolz. »Ich bin der kleinste Riese der Welt. Was kann ich für euch tun?«

»Haben wir uns verlaufen?«, fragte Milo.

»Schwierige Frage«, sagte der Riese. »Am besten, ihr geht ums Haus herum und fragt den Zwerg.« Und damit schloss er die Tür.

Also begaben sie sich zur Rückseite des Häuschens, die genauso aussah wie die Vorderfront, und klopften an die Tür, deren Schild besagte, dass hier der »DER ZWERG« wohnte.

»Wie geht's?«, empfing sie ein Mann, der ganz genauso aussah wie der Riese.

»Sie sind der Zwerg?«, fragte Tack leicht verunsichert.

»Zweifelsohne«, antwortete der Mann. »Ich bin der größte Zwerg der Welt. Womit kann ich behilflich sein?«

»Glauben Sie, dass wir uns verlaufen haben?«, wiederholte Milo seine Frage.

»Gar nicht so einfach«, sagte er. »Warum geht ihr nicht einfach um die Ecke und fragt den dicken Mann?« Und schon war er wieder verschwunden.

An der Seite spielte sich alles genau so ab wie vorn und hinten, bloß dass die Tür aufflog, kaum dass sie angeklopft hatten.

»Nett, dass ihr vorbeischaut«, rief ihnen der Mann entgegen, der ebenso gut der Zwillingsbruder des Zwergs hätte sein können.

»Sie müssen der dicke Mann sein«, sagte Tack, der anfing, nicht mehr ganz so viel Wert auf den ersten Eindruck zu legen.

»Der dünnste der Welt«, antwortete er strahlend, »aber falls ihr irgendwelche Fragen habt, rate ich euch, es lieber beim dünnen Mann zu versuchen, auf der anderen Seite.«

Wie vermutet, sah es dort genauso aus wie vorn, hinten und auf der gegenüberliegenden Seite, und auch der Mann, der ihnen jetzt die Tür öffnete, glich den anderen drei wie ein Ei dem anderen.

»Was für eine Überraschung!«, rief er erfreut. »Solang ich zurückdenken kann, habe ich keinen Besuch mehr bekommen.«

»Wie lang ist das her?«, fragte Milo.

»Ich weiß ganz genau, dass ich es nicht weiß«, erwiderte er. »Aber jetzt entschuldigt mich bitte, ich muss die Tür öffnen.«

»Aber das haben Sie doch schon«, sagte Tack.

»Ach ja, habe ich glatt vergessen.«

»Sie sind wahrscheinlich der dickste dünne Mann der Welt«, mutmaßte Tack.

»Ja, oder kennt ihr einen, der dicker ist?«, fragte er ungeduldig.

»Ich glaube, Sie sind immer derselbe«, sagte Milo entschieden.

»P-S-S-S-S-C-C-C-H-H-H-H-H-T«, flüsterte der Mann und legte warnend den Finger an seine Lippen. Er zog Milo zu sich heran: »Willst du denn alles kaputt machen? Hör zu: In den Augen großer Männer bin ich ein Zwerg, für kleine Männer ein Riese. Dünne sehen in mir einen Fettsack, und Dicken komme ich total dünn vor. Auf diese Weise kann ich vier Berufe gleichzeitig ausüben. Wie du siehst, bin ich weder besonders groß noch klein, weder ausgesprochen dick noch außergewöhnlich dünn. Ehrlich gesagt bin ich ganz normal, aber es gibt so viele ganz normale Menschen, dass keiner sie nach ihrer Meinung fragt, zu nichts und niemand. Wie war noch mal deine Frage?«

»Haben wir uns verlaufen?«, fragte Milo erneut.

»H-m-m-m«, sagte der Mann und kratzte sich am Kopf. »Kann mich nicht erinnern, dass mir jemals jemand eine so schwere Frage gestellt hat. Würdest du sie bitte noch einmal wiederholen? Sie ist mir entfallen.«

Milo stellte die Frage noch mal.

»Allmächtiger«, murmelte der Mann. »Eins zumindest weiß ich ganz sicher: *Ob* man sich verlaufen hat, ist sehr viel schwerer zu beantworten als die Frage, ob man sich verlaufen *hat*. Denn sehr oft ist der Weg das Ziel und manchmal auch das Ziel im Weg. Andererseits stellt sich in vielen Fällen heraus, dass man dort, wo man gewesen ist, nie hätte hingehen sollen, oder zumindest sofort hätte gehen sollen, als man dort war, und da es bedeutend schwerer ist, seinen Weg zurück zu finden, zu einem Platz, an dem man nie gewesen ist, rate ich dir, sofort dorthin zu gehen und dich dann zu entscheiden. Für weitere Fragen wende dich bitte an den Riesen.« Und damit schlug er die Tür zu und ließ die Rollläden runter.

»Na, alles klar?«, fragte Alex, als sie vom Haus zurückkehrten, sprang auf die Füße, beugte sich runter, um den schnarchenden Kackerlack zu wecken, und lief auf eine große Lichtung zu, wenn auch etwas gesetzter als bisher.

»Leben hier im Wald eigentlich viele Menschen?«, fragte Milo, während sie nebeneinanderher trabten.

»Ob hier viele Menschen wohnen? Und ob! Und zwar in Echt, einer wirklich wunderbaren Stadt«, erklärte er.

»Sie liegt dort hinten.« Dabei knallte er so heftig gegen einen der kleineren Bäume, dass ein ganzer Schwall von Nüssen und Blättern auf ihn herabprasselte.

Nur ein paar Schritte später tat sich der Wald vor ihnen auf. Zur Linken öffnete sich der Blick auf eine prachtvolle Metropole. Die Dächer glänzten, als hätte man sie nicht mit Ziegeln gedeckt, sondern mit Spiegeln. Die Mauern der Häuser waren übersät mit funkelnden Edelsteinen und die breiten Alleen mit Silber gepflastert.

»Ist sie das?«, rief Milo und lief auf eine der glitzernden Straßen zu.

»Nicht doch, das ist nicht *Echt*, sondern bloß *Illusion*«, rief Alex. »Die echte Stadt ist dort drüben.«

»Wieso Illusion?«, fragte Milo, weil es die schönste Stadt war, die er je gesehen hatte.

»Illusion«, erklärte Alex, »ist so was wie eine Fata Morgana«, und als er merkte, dass das nicht wirklich weiterhalf, fuhr er fort: »Und eine Fata Morgana nennt man etwas, das man deutlich vor sich sieht, obwohl es nicht wirklich da ist.«

»Wie soll man denn etwas erkennen können, was es gar nicht gibt?«, gähnte der Kackerlack, der noch nicht ganz da war.

»Das ist manchmal leichter, als Dinge zu sehen, die direkt vor unseren Augen stehen«, sagte Alex.

Milo musste an ihren Weg durch den Wald denken und konnte sich ein Lachen kaum verkneifen.

»Wenn etwas wirklich existiert«, fuhr Alex fort, »kann man es nur mit offenen Augen sehen. Ist etwas jedoch gar nicht vorhanden, sieht man es genauso gut, wenn die Augen zu sind. Deswegen sind Dinge, die man sich bloß einbildet, oft leichter zu erkennen als echte.«

»Und wo ist Echt jetzt?«, bellte Tack.

»Na, genau hier«, schrie Alex und deutete mit seinen Armen um sich herum. »Ihr steht mitten auf der Hauptstraße.«

Die drei schauten sich gründlich um. Tack reckte seine Nase argwöhnisch in den Wind und schnüffelte, was das Zeug hielt, der Kackerlack stocherte mit seinem Spazierstock nach allen Seiten in der Luft herum, aber es war nichts zu sehen.

»In Wirklichkeit ist es hier sehr hübsch«, sagte Alex, während er die Straße entlangbummelte, und machte sie auf einige der Sehenswürdigkeiten aufmerksam.

»Wär nicht schlecht, wenn man die auch sehen würde«, beschwerte sich der Kackerlack.

Alex grüßte ständig nach rechts und links. Wahre Menschenmengen eilten die Hauptstraße hoch und runter. Sie hielten ihre Köpfe gesenkt und schienen genau zu wissen, wo sie hinwollten, während sie vorbeihuschten, sich auf die unsichtbaren Straßen und Sträß-

chen verteilten und in ihren nicht vorhandenen Häusern und Wohnungen verschwanden.

»Tut mir leid«, sagte Milo leise, »aber ich kann beim besten Willen keine Stadt sehen.«

»Die Leute auch nicht«, bemerkte Alex traurig, »aber eigentlich ist das völlig egal, weil sie sie überhaupt nicht vermissen.«

»Muss echt schwer sein, in einer Stadt zu leben, die man nicht sehen kann«, beharrte Milo. Dabei sprang er Alex hinterher, der gerade noch rechtzeitig einer Reihe von Autos und Lastwagen auswich, die an ihnen vorüberrauschten.

»Ganz und gar nicht. Wenn man sich erst mal daran

gewöhnt hat«, sagte Alex. »Das Ganze war nämlich so …« Und während sie weiter die belebte, wuselige Allee hinuntergingen, legte er los.

»Viele Jahre ist es nun schon her, da befand sich genau hier auf diesem Fleck eine wunderschöne Stadt mit prachtvollen Häusern und einladenden Plätzen, und niemand, der hier wohnte, hatte es je eilig. Die Straßen boten jede Menge wundervoller Sehenswürdigkeiten, und die Menschen hielten oft inne, um sie zu betrachten.«

»Mussten sie denn nirgendwohin?«, fragte Milo.

»Doch, natürlich«, sagte Alex. »Aber wie ihr wisst, besteht der eigentliche Grund, von einem Ort zum anderen zu gehen, darin, das zu entdecken, was dazwischenliegt. Und genau das taten sie mit großer Begeisterung. Doch dann, eines Tages, fand jemand heraus, dass man sein Ziel sehr viel schneller erreichen konnte, wenn man so schnell wie möglich ging und dabei seinen Blick auf nichts anderes richtete als auf seine eigenen Schuhspitzen. Und schon bald machte es fast jeder so. Sie alle hetzten die Prachtstraßen und Alleen entlang, und niemand achtete beim Gehen mehr auf die Wunder und Sehenswürdigkeiten, die ihre Stadt zu bieten hatte.«

Milo musste daran denken, wie oft er genau dasselbe gemacht hatte. Und sosehr er sich auch bemühte, es gab sogar in seiner eigenen Straße Dinge, an die er sich nicht erinnern konnte.

»Niemand achtete mehr darauf, wie die Dinge aussahen, und während die Menschen sich immer schneller hin und her bewegten, wurde um sie herum alles hässlicher und schmutziger, und weil alles immer hässlicher und schmutziger wurde, wurde auch das Gehetze immer schlimmer. Schließlich geschah etwas äußerst Merkwürdiges. Weil sich niemand mehr um sie kümmerte, fing die Stadt langsam zu verkümmern an. Jeden Tag wurden die Gebäude blasser und blasser, und die Straßen schwanden dahin, bis die Stadt sich den Blicken zum Schluss gänzlich entzog. Nicht einmal das geringste Fitzelchen war noch zu sehen.«

»Und? Wie haben sie reagiert?«, hakte der Kackerlack nach, dessen Interesse plötzlich geweckt zu sein schien.

»Überhaupt nicht«, fuhr Alex fort. »Sie machten genauso weiter wie bisher, in den Häusern, die sie nicht länger sehen konnten, und auf den Straßen, die sich verflüchtigt hatten, weil keiner sie mehr wahrnahm. Und daran hat sich bis auf den heutigen Tag nichts geändert.«

»Hat es ihnen denn niemand gesagt?«, fragte Milo.

»Das wäre zwecklos gewesen«, erwiderte Alex. »Wie sollen sie etwas, das sie sich vor lauter Gehetztsein nie anschauen, jemals sehen?«

»Wäre es dann nicht geeigneter für sie, in Illusion zu leben?«, schlug der Kackerlack vor. »Da ist es doch viel schöner.«

»Viele von ihnen tun das«, antwortete er und lenkte seine Schritte wieder in Richtung Wald. »Aber an einem Ort zu leben, wo das, was man sieht, nicht wirklich da ist, ist auch nicht besser, als dort zu leben, wo man das, was da ist, nicht wirklich sieht.«

»Könnte es nicht irgendwann mal eine Stadt geben, die es einem so leicht macht, ihr zu verfallen, wie Illusion und sich so standhaft gegen das Vergessen wehrt wie Echt?«, fragte Milo.

»Nicht, solange du nicht Sinn und Verstand wieder zurückbringst«, sagte Alex lächelnd, weil er Milos Pläne durchschaut hatte. »Aber jetzt müssen wir uns beeilen, sonst verpassen wir noch das Abendkonzert.«

Sie folgten ihm, eilten einige unsichtbare Treppenstufen hinauf und liefen durch eine nicht existierende Tür. Schon wenig später schien das, was sie umgab, nicht mehr Echt zu sein (so was ist manchmal gar nicht so leicht herauszubekommen), und sie fanden sich in einem völlig anderen Teil des Waldes wieder.

Die Sonne stand dicht über dem Horizont, und um die fernen Bergspitzen türmten sich Wolkenstreifen aus purem Gold, Purpur und Orange. Ihre letzten Strahlen warteten geduldig auf eine versprengte Schar von Zaunkönigen, um ihnen ihren Heimweg zu weisen, während es einige vorwitzige Sterne kaum noch erwarten konnten, ihre Plätze einzunehmen.

»Hier wären wir!«, rief Alex und deutete mit einer weit ausholenden Armbewegung auf ein riesengroßes Sinfonieorchester. »Ist das nicht ein toller Anblick?«

Vor ihnen, in einem großen Halbkreis, saßen mindestens tausend Musiker. An der rechten und linken Seite befanden sich die Geigen und Celli mit ihren hin und her wogenden Bogen. Dahinter verteilten sich zahllose Piccolo- und Querflöten, Klarinetten, Oboen, Fagotte, Hörner, Trompeten, Posaunen und Tuben – alle im gemeinsamen Spiel begriffen. Ganz hinten, so weit entfernt, dass man sie kaum noch erkennen konnte, standen die Schlaginstrumente, und daneben, am äußersten Rand einer kleinen Erhebung, hatten sich, eine neben der anderen, die ehrwürdigen Bassgeigen aufgereiht.

Davor, auf einem hohen Podium, stand der Dirigent, ein langer, hagerer Mann mit dunklen, tief liegenden Augen und schmalen, achtlos zwischen seine lange, spitze Nase und sein weit vorgerecktes Kinn hingetupften Lippen. Er benutzte keinen Taktstock, sondern dirigierte allein durch heftige, weit ausladende Bewegungen. Sie schienen bei seinen Zehen zu beginnen, arbeiteten sich dann langsam durch seinen gesamten Körper, seine schlanken Arme entlang, um schließlich in den Spitzen seiner feingliedrigen Finger zu verebben.

»Ich hör gar keine Musik«, sagte Milo.

»Kein Wunder«, sagte Alex, »dies ist ja auch kein Konzert für die Ohren, sondern für die Augen. Guck doch mal genau hin.«

Der Dirigent fuchtelte wild mit den Armen. Dabei knetete er die Luft mit seinen Händen, als wäre sie aus Ton, und die Musiker folgten aufmerksam jeder seiner Bewegungen.

»Was für ein Stück spielen sie?«, fragte Tack und blickte neugierig zu Alex auf.

»Den Sonnenuntergang, was sonst? So wie jeden Tag um diese Zeit.«

»So, tun sie das?«, fragte Milo skeptisch.

»Selbstverständlich«, antwortete Alex. »So wie sie das Morgengrauen spielen, das grelle Mittagslicht, die blaue Stunde und die Schwärze der Nacht. Aber natürlich immer nur wenn es gerade Morgen ist, Mittag, später Nachmittag oder Nacht. Glaub mir, es gäbe keine einzige Farbe auf der Welt, wenn dieses Orchester sie nicht spielen würde. Jedes Instrument steht für eine andere«, erklärte er. »Und der Dirigent wählt seine Partitur je nach Jahreszeit aus und verleiht dem Tag seine Farbigkeit, je nachdem, was für ein Wetter gerade herrscht. Aber schau: Die Sonne geht gerade unter. Da kannst du Maestro Kolorian ja gleich höchstpersönlich fragen.«

Während die letzten Farben kaum merklich am westlichen Himmel verblassten, hörte ein Instrument nach

dem anderen auf zu spielen. Schließlich blieben bloß noch die Bassgeigen übrig, um der aufkommenden Nacht mit dem schwermütig-düsteren Hin und Her ihrer Bogen die nötige Dunkelheit zu verleihen. Der helle

Klang eines einzelnen Silberglöckchens sorgte derweil für den schimmernden Glanz der ersten aus dem Dunkel auftauchenden Sterne. Der Dirigent senkte die Arme, ließ sie kraftlos herunterhängen und blieb regungslos stehen, während die Finsternis vom Wald Besitz ergriff.

»Was für ein herrlicher Sonnenuntergang«, rief Milo und ging auf das Podium zu.

»Das will ich meinen«, war die Antwort. »Schließlich üben wir schon seit der Erschaffung der Welt.« Und damit beugte sich der Sprecher zu Milo herunter, hob ihn vom Boden auf und platzierte ihn vor sich auf den Notenständer. »Ich bin Seine Chrominanz, Maestro Kolorian«, redete er weiter und ließ seine Hände durch die Luft schwirren. »Dirigent der Farben, Kapellmeister der Pigmente und Herr über das gesamte Farbspektrum.«

»Spielen Sie den ganzen Tag?«, fragte Milo, nachdem auch er sich vorgestellt hatte.

»O ja, den ganzen Tag und jeden Tag«, schmetterte er. Dazu legte er eine elegante Pirouette aufs Podium. »Bloß nachts lege ich mich hin, und auch dann spielen *sie* noch weiter.«

»Und was würde passieren, wenn sie aufhörten?«, wollte Milo wissen, der immer noch nicht ganz glauben konnte, dass Farben auf diese Weise erzeugt werden sollten.

»Überzeug dich selbst!«, erhob Kolorian seine Stimme

und reckte beide Hände in die Luft. Im selben Moment unterbrachen die Instrumente ihr Spiel, woraufhin alle Farben augenblicklich verschwanden. Mit einem Schlag sah die Welt aus wie ein riesengroßes Malbuch, in das noch niemand seine Farben hineingekritzelt hatte. Alle Gegenstände waren bloß schwarz umrissen, und man hatte den Eindruck, selbst mit einem Farbkasten, so groß wie ein Haus, und einem entsprechend riesigen Pinsel hätte man jahrelang damit zu tun, sie auszumalen. Dann ließ Kolorian seine Arme sinken. Die Instrumente setzten wieder ein, und die Farben kehrten zurück.

»Da siehst du, was für ein langweiliger Ort die Erde wäre, wenn es keine Farben gäbe«, sagte er und beugte sich so tief herab, dass sein Kinn fast den Boden berührte. »Umso größer ist meine Freude, wenn ich meine Geigen eine Serenade in Frühlingsgrün anstimmen lasse oder mitanhöre, wie meine Trompeten dem Ozean sein Blau verleihen, bevor die Oboen dafür sorgen, dass es vom gelben Schimmer des warmen Sonnenlichts überzogen wird. Das Allertollste sind Regenbogen – und strahlende Neonschilder natürlich, knallbunte Karnevalskostüme und die zarten und gedämpften Töne an einem nebligen Herbstmorgen. Das alles steht auf unserem Spielplan.«

Je länger Kolorian sprach, desto größer wurden Milos Augen, und auch Alex, Tack und der Kackerlack kamen aus dem Staunen nicht heraus.

»So, jetzt brauch ich aber dringend etwas Schlaf.« Kolorian gähnte. »Wir hatten die letzten Nächte Blitze, ein paar Feuerwerke und etliche Festumzüge im Programm, sodass ich auch nachts kein Auge zumachen konnte. Aber heute Nacht geht es mit Sicherheit ruhig zu.« Dann legte er Milo seine große Hand auf die Schulter und sagte: »Sei so gut und pass bis morgen früh auf mein Orchester auf, machst du das? Und weck mich spätestens um 5:23 zum Sonnenaufgang wieder auf. Gute Nacht, gute Nacht, gute Nacht.«

Mit diesen Worten sprang er leichtfüßig vom Podium und war mit drei langen Schritten im Wald verschwunden.

»Prima Idee«, sagte Tack und machte es sich im hohen Gras bequem, während der Kackerlack sich selbst in den Schlaf grummelte und Alex alle viere von sich in die Luft streckte.

Milo, den Kopf voller Gedanken und Fragen, rollte sich auf den Noten für den nächsten Tag zusammen und sah gespannt der Morgendämmerung entgegen.

11. G.TÖSE UND DER TSCHINN

Die Stunden verstrichen, eine nach der anderen, bis Milo um Punkt 5:22 (nach Tacks äußerst genauer Uhr) vorsichtig erst ein Auge öffnete und gleich darauf das zweite. Um ihn herum war noch alles tiefviolett, dunkelblau und schwarz, und das, obwohl die lange, ruhige Nacht bloß noch eine Minute vor sich hatte.

Schläfrig streckte er seine müden Glieder, rieb sich die Augen und kratzte sich am Kopf. Mit einem leichten Frösteln entbot er dem Morgennebel einen kurzen Gruß.

Ich muss Kolorian wecken, fuhr es ihm durch den Kopf, *für den Sonnenaufgang.* Doch dann, ganz plötzlich, fragte er sich, ob nicht er selbst das Orchester leiten und auf diese Weise Farbe in die Welt bringen könnte.

Diese Idee wirbelte seine Gedanken wild durcheinander, so lange, bis er sich kurzerhand dazu entschloss, den Versuch zu wagen – wenigstens für ein paar Minuten. Gar so schwierig könnte das Ganze ja wohl nicht sein. Zumal er es immer schon als Zumutung empfunden hatte, jemanden so früh am Morgen aus dem Schlaf zu reißen. Außerdem saßen die Musiker bereits alle startbereit an ihrem Platz und wüssten wahrscheinlich sowieso alle

genau, was sie zu tun hatten, auch ohne sein Zutun. Und schließlich – wann würde sich ihm eine solche Gelegenheit je wieder bieten?

Also stellte er sich ganz leise, um die anderen nicht aufzuwecken, auf seine Zehenspitzen. Dann hob er seine Arme langsam vor die Brust und machte eine denkbar kleine Bewegung mit dem Zeigefinger seiner rechten Hand. Es war genau 5:23.

Als hätte sie nur auf sein Zeichen gewartet, meldete sich eine Piccoloflöte mit einem einzelnen Ton. Gleichzeitig blitzte im Osten ein erster gelber Sonnenstrahl auf. Auch Milo strahlte. Ganz vorsichtig bewegte er seinen Finger ein weiteres Mal. Jetzt stimmten zwei Piccoli und eine Querflöte mit ein, und die nächsten drei Strahlen tanzten hervor. Als er daraufhin mit beiden Händen einen kreisrunden Bogen beschrieb, hoben zu seinem großen Entzücken auch alle anderen Musiker zu spielen an.

Der Klang der Celli verlieh den Bergen ihr morgendliches Glühen, und die Blätter und Gräser empfingen ihr blasses Grün vom Gesang der Geigen. Nur die Kontrabässe blieben stumm, während das restliche Orchester den Wald in Farben hüllte.

Dass sie alle für ihn musizierten, und das genau so, wie er es sich vorstellte, versetzte Milo in einen Freudentaumel. So lange jedenfalls, bis ihm dämmerte: »Wird Kolorian sich nicht wundern, wenn der Morgen ganz ohne ihn dämmert? Am besten, ich weck ihn jetzt auf.« Und damit bedeutete er den Musikern aufzuhören.

Aber anstatt innezuhalten, spielten die Musiker einfach weiter, noch lauter als zuvor, bis jede Farbe stärker leuchtete, als er es jemals für möglich gehalten hätte. Milo legte schützend eine Hand über die Augen und winkte mit der anderen verzweifelt ab, aber die Farben leuchteten stärker und stärker und stärker.

Was dann geschah, war noch viel erstaunlicher. Denn während Milo wie wahnsinnig drauflosdirigierte, begann der Himmel sich langsam zu verfärben: von Blau über Ockergelb zum reinsten Magentarot. Gleichzeitig fing es an zu schneien, aber die Flocken waren hellgrün, und die Blätter an den Büschen und Bäumen wurden knallorange.

Die Blumen erschienen mit einem Mal pechschwarz, das Grau der Felsen machte einem zarten Hellgrün Platz, und selbst das Fell des friedlich schlummernden Tack tauschte seinen braunen Glanz gegen ein herrliches Ultramarinblau. Nichts besaß mehr die Farbe, die es eigentlich haben sollte, und je mehr Milo sich ins Zeug legte, die Dinge in den Griff zu bekommen, desto schlimmer wurde es.

Hätte ich bloß die Finger davon gelassen, dachte er bekümmert, als eine hellblaue Schwarzdrossel an ihm vorüberflog. *Die Geister, die ich rief, wie werd ich die bloß wieder los?*

Sosehr er sich auch bemühte, alles ganz genauso zu machen wie Kolorian – es war zwecklos. Die Musiker spielten immer weiter, schneller und immer schneller, und die purpurrote Sonne schien sich für ihren Gang über den Himmel Siebenmeilenstiefel angezogen zu haben. Nach noch nicht mal einer Minute war sie im Westen unter- und ohne jede Pause im Osten wieder aufgegangen. Der Himmel leuchtete knallgelb, und das Gras hatte sich in liebliches Lavendelblau gehüllt. Die Sonne ging sieben Mal auf und fast sofort wieder unter, während die Farben sich in einem fort veränderten. So dauerte es nur wenige Minuten, und schon war eine ganze Woche vergangen.

Auch Milo war mit seinen Kräften am Ende. Er traute sich nicht, um Hilfe zu rufen, kämpfte mit den Tränen und ließ erschöpft seine Arme sinken. Das Orchester hielt inne. Die Farben verschwanden, und es herrschte wieder Nacht. Die Uhr zeigte 5:27.

»Aufwachen! Höchste Zeit für den Sonnenaufgang!«, rief er erleichtert und sprang vom Podium herunter.

»So ausgeruht war ich ja schon lange nicht mehr«, rief Kolorian. »Ich habe das Gefühl, als hätte ich eine ganze Woche geschlafen.« Er eilte zum Podium. »Na so was. Wir scheinen heute früh etwas spät dran zu sein. Da muss die Mittagsstunde eben vier Minuten kürzer ausfallen.«

Er klopfte ans Pult, um sich Aufmerksamkeit zu verschaffen, wieder machte die Piccoloflöte den Anfang, und diesmal dämmerte der Morgen, wie es sich gehörte.

»Das hast du ganz prima gemacht«, sagte Kolorian zu Milo und strich ihm über den Kopf. »Irgendwann werde ich dich das Orchester auch mal dirigieren lassen.«

Tack wedelte stolz mit dem Schwanz, aber Milo hüllte sich in Schweigen, und bis heute hat niemand etwas von der verlorenen Woche erfahren. Bis auf die wenigen Menschen, die an jenem sonderbaren Morgen um 5:23 schon wach waren. Oder noch.

»Wir sollten uns lieber auf die Socken machen«, mahnte Tack, dessen Alarmglocke bereits wieder zu scheppern begonnen hatte. »Schließlich haben wir noch einen weiten Weg vor uns.«

Als sie sich auf den Rückweg durch den Wald begaben, nickte Kolorian ihnen zum Abschied freundlich zu.

Zu Ehren ihres Besuchs ließ er alle Wild-, Wald- und Wiesenblumen noch einmal in atemberaubender Farbenpracht erblühen.

»Echt schade, dass ihr nicht länger bleiben könnt«, sagte Alex traurig. »Im Wald der An-, Ein- und Aussichten gibt es noch so viel mehr zu sehen. Aber wahrscheinlich gilt das für jeden Ort der Welt, vorausgesetzt man hält die Augen offen.«

Schweigend und gedankenverloren gingen sie nebeneinanderher.

Als sie beim Auto ankamen, zog Alex ein prachtvolles Fernrohr unter seinem Hemd hervor und drückte es Milo in die Hand.

»Nimm das hier mit auf eure Reise«, sagte er leise, »denn immer wieder gibt es Sehens- und Bemerkenswertes, das unseren Augen entgeht. Mit dem hier kannst du alles sehen, von einer zarten Moospflanze im Spalt zwischen zwei Steinplatten auf dem Bürgersteig bis zum Schimmer des entferntesten Sterns. Und, was am wichtigsten ist, es zeigt dir die Dinge, wie sie wirklich sind, und nicht bloß ihre Fassade. Ich schenk es dir zum Abschied.«

Vorsichtig legte Milo das Fernglas vor sich ins Handschuhfach und gab Alex die Hand. Dann drückte er auf den Startknopf und fuhr aus dem Wald hinaus, den Kopf voller neuer, merkwürdiger Gedanken.

Die Landschaft, die sich nun vor ihnen ausbreitete, war nur leicht gewellt. Trotzdem machte das Auto beim Überqueren der Hügel jedes Mal einen solchen Satz, dass ihr Magen vor Freude hüpfte, während ihre Gesichter gleichzeitig so aussahen, als wüssten sie nicht recht, wie ihnen geschah.

Als sie auf der Kuppe der höchsten Erhebung angelangt waren, sahen sie vor sich ein tiefes Tal, und die Straße stürzte sich so entschieden hinab, als könnte sie es gar nicht erwarten, Bekanntschaft mit dem glitzernden blauen Fluss zu machen, der sich dort unten seinen Weg bahnte. Unten angekommen, nahm der Wind zu und pfiff ihnen um die Ohren. In der Ferne, direkt vor ihnen, tauchte ein heller Fleck auf, der langsam größer wurde.

»Sieht aus wie ein Wagen«, rief Milo aufgeregt.

»Es *ist* ein Wagen«, bestätigte Tack. »Ein Zirkuswagen.« Und genau so war es. Er stand am Straßenrand, war knallrot angestrichen und machte einen ziemlich verwaisten Eindruck. Auf seiner Längsseite stand in riesigen weißen, schwarz umrandeten Buchstaben KAKOFONIUS G. TÖSE und darunter – schwarz, mit weißem Rand – DOKTOR DER SCHRÄGEN TÖNE.

»Vielleicht ist ja jemand da und kann uns sagen, wie lang wir noch fahren müssen«, meinte Milo und hielt neben dem Wagen an.

Auf Zehenspitzen und ein wenig ängstlich stieg er die drei hölzernen Stufen zum Eingang hinauf, klopfte zaghaft an die Tür – und fuhr entsetzt zurück. Denn im selben Moment ertönte aus dem Inneren des Wagens ein Scheppern, das sich anhörte, als hätte jemand einen ganzen Stapel Teller von der Decke auf einen Steinfußboden krachen lassen. Gleichzeitig flog die Tür auf, und aus dem Dunkel fragte eine heisere Stimme: »Hast du etwa noch nie einen ganzen Stapel Teller von der Decke auf einen Steinfußboden krachen hören?«

Milo, der rückwärts die Treppenstufen hinuntergetaumelt und hingefallen war, setzte sich schnell wieder auf, während Tack und der Kackerlack aus dem Auto herbeieilten, um nachzusehen, was passiert war.

»Nun? Hast du oder hast du nicht?«, meldete sich die Reibeisenstimme von Neuem. Sie war so rau, dass man unwillkürlich anfing, sich zu räuspern.

»Nein«, antwortete Milo und rappelte sich auf. »Das war das erste Mal.«

»Ha! Hab ich's mir doch gedacht«, sagte die Stimme hocherfreut. »Und habt ihr jemals eine Ameise gehört, die mit Filzpantoffeln über einen dicken Wollteppich spaziert?«

Noch ehe einer der drei hätte darauf antworten können, redete er auf seine seltsam krächzende Weise weiter: »Was steht ihr da in der Kälte rum wie die Ölgötzen?!

Kommt rein, nun macht schon. Was für ein glücklicher Zufall, dass ihr hier vorbeikommt, ihr seht nicht gerade gesund aus.«

Der trübe Schein einer Deckenlampe wies ihnen den Weg ins Innere des Wagens, als sie der Aufforderung zögernd nachkamen – Tack als Erster, wild entschlossen, sie gegen alle Gefahren zu verteidigen. Dann Milo, dessen Furcht sich mit seiner Neugier die Waage hielt. Als Letzter folgte der Kackerlack, jederzeit bereit, die Beine in die Hand zu nehmen und um sein Leben zu rennen.

»So ist es recht«, setzte die Stimme wieder ein, »wen haben wir denn da? Tz-Tz-Tz-Tz-Tz. Schlimm, wirklich schlimm. Sieht gar nicht gut aus.«

An den Wänden des verstaubten Wagens reihte sich ein Regal an das andere, vollgestopft mit den merkwürdigsten Kästen, Schachteln und Töpfen, wie man sie sonst – wenn überhaupt – bloß noch in alten Apotheken finden konnte. Es hatte den Anschein, als wäre hier seit Jahren niemand mehr mit dem Besen durchgegangen. Der Boden war übersät mit allen möglichen Einzelteilen aberwitzigster Gerätschaften, und am hinteren Ende stand ein schwerer Holztisch, auf dem sich Bücher, Flaschen und allerlei Krimskrams häuften.

»Habt ihr jemals einem Oktopus gelauscht, der mit verbundenen Augen eine in Cellophan verpackte Badewanne auswickelt?«, setzte die Stimme ihre Befragung fort, während im Hintergrund ein lautes, knisternd-knitterndes Geräusch die Luft erzittern ließ.

An der hintersten Ecke des Tisches saß der Mann, der sie hereingebeten hatte, und war offensichtlich gerade dabei, irgendwelche Tinkturen in Reagenzgläser zu kippen, sie zu schütteln und Messungen vorzunehmen. Er trug einen langen weißen Kittel. Um seinen Hals hing ein Stethoskop, an seiner Stirn hatte er einen runden Spiegel befestigt, und das einzig Auffällige an ihm waren sein winziger Schnurrbart und seine riesigen Ohren – jedes mindestens so groß wie sein Kopf.

»Sind Sie ein Arzt?«, fragte Milo und versuchte sein ungutes Gefühl zu vertreiben.

»Ich bin KAKOFONIUS G.TÖSE, DOKTOR DER SCHRÄGEN TÖNE«, donnerte der Mann. Und während er das sagte, vernahm man eine Reihe kleinerer Explosionen sowie ein lautes Knirschen.

»Was bedeutet das G.?«, stammelte der Kackerlack nervös, vor Angst wie gelähmt.

»G.schrei, G.kreisch, G.brüll!«, schrie der Doktor, und seine Antwort wurde von heftigem Kreischen und Brüllen begleitet. »So, und jetzt mal schön vortreten und die Zunge raus!«

»Genau, wie ich vermutet habe«, fuhr er fort, nahm ein verstaubtes Buch zur Hand, schlug es auf und blät-

terte darin herum. »Ihr leidet allesamt an akutem Lärmmangel.«

Er begann im Wagen hin und her zu springen. Dabei räumte er so lange Flaschen und Fläschchen aus den Regalen, bis er ein ganzes Sortiment von ihnen an einem Ende des Tisches aufgebaut hatte – in allen Größen und Farben. Jedes einzelne von ihnen war fein säuberlich etikettiert: *G.schrei & G.brüll (laut)*; *G.schrei & G.brüll (leise)*; *Knall & Fall*; *Pengpengpengs*; *Rumse*, *Bumse & Wummse; Rascheln & Rauschen*; *Saus & Braus*; *Rattern & Rappeln; Knattern & Klappern*; *Keckern & Meckern*; *Prasseln & Rasseln*; *Knistern & Knirschen*; *Pfeifen & Schleifen*; *Quietschen*, *Kreischen & Zerfleischen*; *Scheppern & Zerdeppern;* diverse *Gongs*; *Totale-Tumult-Tinktur* sowie *Lärm & G.töse* in tausend Formen und Varianten. Nachdem er von allem und jedem ein bisschen in einen Glaskolben geschüttet hatte, rührte er das G.bräu mit einem Holzlöffel um und sah gespannt zu, wie das Ganze erst rauchte und dann zu dampfen anfing, zu brodeln und zu blubbern.

»Sekündchen noch«, rief er und rieb sich die Hände.

Milo hatte noch nie eine so widerlich aussehende Medizin gesehen und verspürte nicht das geringste Verlangen, davon zu probieren.

»Was für eine Art Doktor sind Sie überhaupt?«, fragte er argwöhnisch.

»Eine Art Spezialist, könnte man sagen«, erwiderte der Doktor. »Ich habe mich von Anfang an auf Lärm spezialisiert. Selbst meine Doktorarbeit gelang mir nur mit Ach und Krach, und danach habe ich viele Jahre lang nichts gemacht bis auf viel Lärm um nichts. Seitdem ist Krawall und G.töse mein Spezialgebiet, von leisem Hintergrundrauschen bis zu ohrenbetäubendem Lärm, von G.räuschen, die einem kaum auffallen, bis zu solchen, die einem fast den Verstand rauben. Hast du zum Beispiel jemals vernommen, wie es klingt, wenn eine Dampfwalze über eine Asphaltstraße fährt, auf der hart gekochte Eier liegen?«, fragte er und hatte Mühe, das schmerzhaft laute Knirschen im Hintergrund zu übertönen.

»Aber diesen unerträglichen Lärm will doch kein Mensch haben«, schrie Milo und hielt sich die Ohren zu.

»Ganz im Gegenteil«, rief der Doktor erstaunt. »Ist sogar der absolute Renner. Die Nachfrage ist so groß, dass ich mit den Bestellungen kaum nachkomme: Partypillen, Tumult-Tropfen, Zeterzäpfchen, Lärmlotion und Trubel-Tonikum. KRACH BUUM!! Krach boomt im Augenblick total.«

Er nahm den Glaskolben vom Tisch und schwenkte ihn noch ein paarmal hin und her. Als der Dampf sich verzogen hatte, redete er weiter:

»So gut liefen die Geschäfte nicht immer. Vor Jahren standen alle noch auf sanfte und wohltuende Geräusche, und bis auf ein paar Bestellungen im Verlauf irgendwelcher Kriege oder Erdbeben sah es schlecht aus. Aber dann schossen die ersten Großstädte aus dem Boden, und plötzlich gab es einen ständig wachsenden Bedarf an durchdringenden Hupen, quietschenden Bremsen, scheppernden Klingeln, ohrenbetäubendem G.schrei, markerschütterndem G.kreische, dröhnendem G.gurgel und was es sonst noch gibt an herrlich lästigen G.räuschen, mit denen wir uns heutzutage ständig umgeben. Vom ständigen G.piepse und G.bimmel gar nicht zu reden. Ohne all das würde es still um unsere Zivilisation. Also sorge ich dafür, dass alle so viel davon bekommen, wie sie wollen. Ein paar Tropfen täglich von meiner Medizin, und schon wird man niemals mehr von einem Wohlklang belästigt oder einem schönen Ton aus dem Krach gebracht werden. Hier, probiert mal.«

»Danke nein«, sagte der Kackerlack und zog sich in die hinterste Ecke des Wagens zurück. »Ich würde gern darauf verzichten, wenn Sie nichts dagegen haben.«

»Warum sollte ich auf schöne Klänge verzichten wollen«, erklärte Milo.

»Außerdem«, knurrte Tack, der zu dem Entschluss gelangt war, Kakofonius G.Töse nicht leiden zu können,

»eine Krankheit wie akuten Lärmmangel gibt es überhaupt nicht.«

»Na eben«, erwiderte der Doktor und goss ein paar seiner Tropfen in ein kleines Glas, »deshalb ist sie ja auch so schwer zu heilen. Ich behandele grundsätzlich nur Krankheiten, die nicht existieren: Auf diese Weise schadet es auch nichts, wenn ich sie nicht heilen kann – eine der erfolgreichsten der vielen Vorsichtsmaßnahmen meines Berufsstandes.«

Er schaute seine Besucher erwartungsvoll an. Als er sah, dass keiner von ihnen irgendwelche Anstalten machte, seine Medizin zu schlucken, griff er in das Regal direkt hinter sich, nahm eine Schale mit ganz gesund aussehenden Äpfeln herunter und schob sie ihnen zu. »Dann esst wenigstens die hier«, meinte er achselzuckend. Danach ergriff er eine bernsteinfarbene Flasche, die neben der Schale gestanden hatte, staubte sie vorsichtig ab und stellte sie vor sich auf den Tisch.

»Sei's drum«, sagte er und entkorkte die Flasche mit einem hohlen Plopp, »wenn ihr euer restliches Leben unbedingt mit einem akuten Lärmmangel verbringen wollt, dann bekommt eben der TSCHINN das Zeug zum Abendbrot.«

Einen Moment lang herrschte betretenes Schweigen. Milo, Tack und der Kackerlack starrten gespannt auf die Flasche und fragten sich, was der Doktor wohl als Nächstes tun würde. Dann, zunächst noch ganz schwach, hörte man ein weit entferntes Grummeln. Es wurde langsam lauter und lauter und lauter und kam näher und näher und näher, bis es sich zu einem ohrenbetäubenden, markerschütternden Tosen entwickelte, das aus dem Inneren der Flasche zu kommen schien. Dann quoll eine dicke blaue Rauchwolke aus ihr heraus, schraubte sich zur Decke empor, breitete sich aus und nahm nach und nach die Form eines gewaltigen blauen Flaschengeistes an, mit Händen, Füßen, knallgelben Augen und einem riesigen Mund mit herabhängenden Mundwinkeln. Kaum war der letzte Rest aus der Flasche entwichen, schnappte die Gestalt sich mit einem gewaltigen TSCHING-BUM den Glaskolben, führte ihn an ihre Lippen, legte ihren Kopf, sofern man überhaupt von einem Kopf reden konnte, in den Nacken und schüttete den gesamten Inhalt mit drei großen Schlucken in sich hinein.

»A-H-H-H, WAR DAS GUT, MEISTER!«, brüllte er und ließ den ganzen Wagen erzittern. »Ich dachte schon, Ihr würdet mich nie rauslassen. Schrecklich eng da drinnen.«

»Darf ich vorstellen, mein Assistent, der schreckliche TSCHINN«, sagte der Doktor. »Ihr müsst sein Auftreten entschuldigen. Aber wo soll er es auch herhaben? Schließlich ist er Waise, und ich musste ihn auf meine

Weise großziehen, ganz allein, ohne die Hilfe irgendeines Kinderfräuleins, denn …«

»Kinderfräulein, Rinderfräulein, Schinderfräulein«, grölte der TSCHINN und lachte sich schief und krumm (falls ihr euch einen dicken blauen Flaschengeist vorstellen könnt, der sich gerade schief- und krummlacht).

»… *denn*«, fuhr der Doktor unbeirrt fort, »ich habe ihn aufgelesen, als er ganz allein und von allen verlassen in einer weggeworfenen Colaflasche hockte. Ohne Familie oder irgendwelche Verwandte …«

»Verwandte, Verkannte, Verbannte«, platzte es aus dem TSCHINN heraus, mit einem Lachen, das sich anhörte, als gingen gleich mehrere Sirenen zur selben Zeit los. Dabei klatschte er sich mit großem Vergnügen auf die Schenkel (oder dorthin, wo seine Schenkel hätten sein sollen).

»… und brachte ihn hierher«, fuhr der Doktor entnervt fort, »wo ich ihn trotz seiner unmöglichen Formen und Manieren …«

»Manieren, Flanieren, Sanieren«, unterbrach ihn der TSCHINN schon wieder, brach in hysterisches Lachen aus und hielt sich die Seiten.

»… zu meinem Assistenten im Aushecken und Verbreiten von Lärm aller Art ausbildete«, schloss der Doktor und tupfte sich mit einem Taschentuch die Schweißperlen von der Stirn.

»Lärmig, ärmlich, erbärmlich«, rief der Kackerlack freudig aus, weil er meinte, damit den Nagel auf den Kopf zu treffen.

»DAS IST ÜBERHAUPT NICHT KOMISCH«, heulte der TSCHINN auf und zog sich beleidigt in eine Ecke zurück. »Und das, wo ich euch gerade anbieten wollte, mich einfach TSCHINNI zu nennen.«

»Wasch ischt ein TSCHINN überhaupt?«, nuschelte Milo, der sich vom ersten Schock über dessen Erscheinen erholt hatte und gerade herzhaft in einen der Äpfel biss.

»Willst du damit etwa andeuten«, fragte der Doktor erstaunt, »dass du dem schrecklichen TSCHINN noch nie über den Weg gelaufen bist? Na so was! Dabei war ich der festen Überzeugung, dass jeder ihm schon mal begegnet ist. Wenn du bei dir zu Hause in deinem Zimmer spielst und zu viel Krach machst, was bekommst du dann von deinen Eltern zu hören?«

»Schlusch mit dem Untschinn«, mümmelte Milo immer noch mit vollem Mund.

»Genau. Und wenn eure Nachbarn von gegenüber mal wieder zu laut feiern, haben sie dann bloß Wasser getrunken, Limo und oder Tee?«

»Nee«, brummte Tack, der es nicht ausstehen konnte, wenn die Menschen Alkohol zu sich nahmen. »Bier, Wein, Whisky, Wermut, Wodka …«

»Und Tschinn«, half ihm Milo.

»Na bitte«, meinte der Doktor zufrieden. »Und wenn eure Straße ausgebessert wird, und die Presslufthämmer rattern von morgens bis abends, worüber beklagen sich dann alle?«

»Über den fürchterlichen Radau«, meldete sich der Kackerlack zurück.

»Der fürchterliche RADAU«, schniefte der geplagte TSCHINN, »war mein Großvater. Er fiel der großen Stille-Epidemie von 1712 zum Opfer.«

Milo tat der unglückliche TSCHINN mittlerweile so leid, dass er ihm sein Taschentuch zusteckte, das auch sofort von blauen Rauchtränen getränkt war.

»Danke«, stöhnte der TSCHINN, »sehr nett von dir. Trotzdem will es mir einfach nicht in den Kopf, warum du keinen Krach magst«, sagte er. »O Mann, letzte Woche hab ich eine Explosion gehört, die war so schön, dass mir noch nach zwei Tagen die Tränen kamen.«

Schon der Gedanke daran rührte ihn so sehr, dass er gleich wieder in heftiges Schluchzen ausbrach. Es hörte sich an, als kratzte jemand mit seinen Fingernägeln über eine kilometerlange Wandtafel. Er barg seinen Kopf im Schoß des Doktors.

»Er ist wohl sehr sensibel, oder?«, fragte Milo und versuchte, den völlig aufgelösten TSCHINN zu trösten.

»Und ob«, antwortete der Doktor. »Aber er hat ja recht. Schließlich gibt es nichts Wichtigeres auf der Welt als Krach.«

»Das sieht König Abis Zett aber anders. Er meint, Worte und Wörter wären wichtiger.«

»UNSINN«, brauste der Doktor auf. »Wenn Babys Hunger haben, machen sie dann etwa viele Worte?«

»Nein«, erwiderte der TSCHINN, und seine Gesichtszüge hellten sich ein wenig auf. »Sie *schreien*!«

»Und wenn Kinder vor Freude nicht wissen, wohin?«

»Fangen sie an zu *quietschen*!«, rief er und quietschte vor Freude.

»Und jemand, dem vor Lachen die Tränen kommen, der …«

»*Heult!*«, heulte der DSCHINN und fing gleich darauf an, hysterisch zu lachen.

»Und wenn ein neuer Tag beginnt?«

»Dann *bricht* er an!«, japste der Flaschengeist und brach vor Begeisterung fast zusammen.

»Da siehst du mal, wie einfach das ist«, sagte der Doktor zu Milo, der jedoch schon lange nur noch Bahnhof verstand. Dann wandte sich von Neuem an den vor lauter Glück und Gelächter immer noch nach Luft schnappenden TSCHINN: »Musst du nicht langsam aufbrechen?«

»Wohin?«, fragte Milo. »Vielleicht haben wir ja denselben Weg.«

»Eher nicht«, antwortete der TSCHINN, wischte sich die Tränen von den Wangen und klemmte sich einen ganzen Packen alter Säcke unter den Arm. »Ich geh auf meine Geräuscheinsammeltour. Einmal am Tag, müsst ihr wissen, ziehe ich kreuz und quer durch das gesamte Königreich und sammle alles ein, was wunderbar schrecklich klingt und herrlich verstörend tönt, stecke die Geräusche in den Sack und bringe sie hierher zurück, damit der Doktor seine Medikamente daraus mischen kann.«

»Und er leistet wirklich ganze Arbeit!«, rief der Doktor anerkennend und haute mit der Faust auf den Tisch.

»Mit anderen Worten, ihr findet mich überall da, wo es laut ist«, sagte der TSCHINN mit einem dankbaren Lächeln. »Aber ich muss los. Es sieht so aus, als würde man es heute an mehreren Stellen besonders laut krachen lassen. Außerdem wurde ein mordsmäßiges Kreischen vorhergesagt sowie ein himmlischer Höllenspektakel.«

»Und wohin seid *ihr* unterwegs?«, fragte der Doktor, während er schon wieder dabei war, irgendein Gebräu zusammenzumixen.

»Nach Zahlheim«, antwortete Milo.

»Um Himmels willen«, entfuhr es dem Doktor, während der TSCHINN zur Tür schlurfte, »das hört sich aber gar nicht gut an! Da müsst ihr ja mitten durch das Tal der Töne.«

»Und?«, fragte der Kackerlack ängstlich, »ist das so schlimm?«

Dem TSCHINN waren vor Entsetzen die Gesichtszüge entgleist. Er hatte auf der Türschwelle haltgemacht, während der Doktor so heftig zu schlottern begann, dass es sich anhörte, als wäre ein ratternder Güterzug aus den Schienen gesprungen und in einem Wackelpudding gelandet.

»Was soll ich da sagen? Ihr werdet es ja noch früh genug erfahren«, war alles, was er hervorbrachte. Dann nahm er sichtlich aufgewühlt von ihnen Abschied, und der TSCHINN machte sich geräuschlos auf die Socken (na ja – sagen wir lieber, er trabte davon).

12. Das verstummte Tal der Töne

Was für ein hübsches, liebreizendes Tal, dachte Milo, kaum dass die Landstraße sie wiederhatte. Der Kackerlack summte ein Potpourri aus alten Schlagern, laut, vernehmlich und vornehmlich zu seinem eigenen Vergnügen, während Tack sich zufrieden den Wind um die Nase wehen ließ.

Keine Ahnung, was Kakofonius so auf die Palme gebracht hat. An dieser Straße gibt's ja nun wirklich nichts auszusetzen, dachte Milo, als er das Auto durch ein schweres Steinportal steuerte. Und schon war nichts mehr so, wie's gerade noch gewesen war.

Zunächst konnte man gar nicht recht sagen, was sich eigentlich geändert hatte – alles sah so aus wie zuvor, und alles roch so wie zuvor –, aber aus irgendeinem unerfindlichen Grund hörte sich nichts mehr so an wie zuvor.

»Was ist denn jetzt schon wieder los?«, fragte Milo. Zumindest war es das, was er hatte fragen wollen, denn, obwohl er sie bewegte, brachte er kein Wort über die Lippen.

Auch der Kackerlack verfiel plötzlich in Schweigen, obwohl er ganz offensichtlich nach wie vor fröhlich vor sich hin trällerte, und selbst Tack hatte aufgehört zu ticken. Da wurde Milo mit einem Mal klar, was passiert war: Der Wind rauschte nicht länger in den Blättern, das Auto bewegte sich ohne jedes Quietschen und Klappern, und sogar die herumschwirrenden Insekten waren verstummt. Nicht das Geringste war mehr zu hören. Es hatte den Anschein, als hätte jemand auf rätselhafte Weise einen Schalter umgelegt und mit einem Schlag jedes Geräusch auf dieser Welt zum Schweigen gebracht.

Als der Kackerlack mitbekam, was um sie herum vorging, sprang er entsetzt auf, und Tack schaute besorgt nach, ob er die Zeit noch richtig anzeigte. Zu wissen, dass, egal wie laut man miteinander redete, rasselte oder rumpelte, es immer auf dasselbe hinauslief, auf nichts nämlich, war völlig verrückt.

Das gibt es doch nicht, dachte Milo und fuhr langsamer.

Dann fingen die drei zur gleichen Zeit an zu reden und durcheinanderzuschreien, ohne dass irgendetwas dabei herauskam, so lange, bis sie sich, nachdem sie schon lange nicht mehr auf den Weg geachtet hatten, mitten in einer großen Menschenmenge wiederfanden, die sich die Straße entlangbewegte. Ein paar von ihnen sangen mit ihren nicht vorhandenen Stimmen, so laut sie konnten. Die anderen trugen große Spruchbänder und Plakate:

SCHLUSS MIT DER STILLE

ALLE STIMMEN BLEIBEN STILL,
OBWOHL VON UNS DAS NIEMAND WILL

GLEICHER TON FÜR ALLE

STUMM MACHT DUMM

Und ein riesengroßes Banner forderte:

HÖRT HÖRT

Ansonsten unterschieden sie sich eigentlich in nichts von den Einwohnern irgendeines anderen x-beliebigen Tales, in das man noch nie zuvor seinen Fuß gesetzt hatte. Bis auf die große Messingkanone, die sie hinter sich herzogen.

Nachdem das Auto zum Stehen gekommen war, hielt ihnen einer der Leute ein Plakat entgegen, auf dem stand:

WILLKOMMEN IM TAL DER TÖNE

Die anderen klatschten und jubelten ihnen zu, was das Zeug hielt. Ohne hörbaren Erfolg allerdings.

»SEID IHR GEKOMMEN, UM UNS ZU HELFEN?«, hielt ihnen ein anderer seine Frage vor die Nase.

»BITTE!«, ergänzte ein Dritter.

Milo versuchte ebenso verzweifelt wie vergeblich, ihnen verständlich zu machen, wer er war und wohin er wollte. Während er sich noch bemühte, tauchten vier weitere Transparente auf:

~~HÖR~~ SCHAU GENAU HIN

UND WIR

BESCHREIBEN DIR

UNSER FURCHTBARES MISSGESCHICK

Dann hielten zwei von ihnen eine große Schiefertafel hoch, und ein Dritter beschrieb ihnen, warum man ausgerechnet im Tal der Töne nichts zu hören bekam, indem er die Tafel so schnell wie möglich beschrieb:

In unserem Tal, nicht weit von hier, an einem Ort, an dem alle Echos sich zu einem einzigen Widerhall vereinigen und jeder Wind erstirbt, egal woher er weht, steht eine große Festung aus Stein. Hier wohnt die Hüterin der Töne, die über dieses Tal herrscht. Nachdem die Dämonen vom alten, weisen König des Geist-Reichs besiegt und in die entlegensten Berge zurückgedrängt worden waren, hatte dieser sie zur Wächterin über alle Töne und Geräusche ernannt, der vergangenen ebenso wie der jetzigen und derer, die noch kommen würden.

Viele Jahre war sie dem Tal eine weise und allseits beliebte Monarchin. Jeden Morgen bei Sonnenaufgang übergab sie die frischen Töne und Klänge des Tages dem Wind, auf dass dieser sie in jeden Winkel des Königreiches tragen konnte, und jeden Abend, sobald der Mond aufging, sammelte sie sie wieder ein, damit

sie katalogisiert und in einem der großen Archive im Kellergewölbe abgelegt werden konnten.

Der Schreiber machte einen Moment Pause und wischte sich den Schweiß von der Stirn. Und wo er schon dabei war, wischte er gleich noch die Tafel sauber, die von oben bis unten vollgeschrieben war. Dann setzte er von Neuem oben links an.

Sie war unendlich großzügig und überhäufte uns mit allen Tönen, Klängen und Geräuschen, die man sich nur vorstellen konnte: fröhlichem Gesang bei der Arbeit, dem Blubbern und Brodeln überkochender Töpfe, dem stumpfen Klang der Äxte sowie dem Krachen der durch sie gefällten Bäume. Sie verlieh den Türangeln ihr typisches Quietschen und Knarzen, ließ unsere Schuhe im Matsch schmatzen und kleine und große Kinder beim Ruf eines Käuzchens wohlig erschauern. Sie schenkte uns das sanfte Trommeln des Regens auf den Dächern, den süßen Wohllaut der Flöten und das trockene Knacken zugefrorener Teiche und Seen.

Er hielt erneut inne, während eine Träne seine Wangen hinunterlief und auf seinen Lippen den salzig-süßen Geschmack wehmütiger Erinnerungen an längst vergangene Zeiten hinterließ.

Und jeder dieser Töne, Klänge und alle Geräusche wurden nach nur einmaligem Gebrauch ganz vorsichtig, fein säuberlich und in alphabetischer Ordnung weggepackt und aufbewahrt, damit man sich auch in Zukunft ihrer würde bedienen können. Jeder lebte mit jedem in Frieden, das Tal blühte auf und war weit und breit bekannt als Heimstatt Himmlischer Harmonie. Aber dann wurde plötzlich alles anders.

Zunächst nur vereinzelt, dann in immer größerer Zahl kamen Menschen aus allen Ecken des Landes herbei, um sich hier niederzulassen. Im Gepäck führten sie nicht bloß andere Sitten und Gebräuche, sondern auch ganz neue Klänge und Geräusche, schöne ebenso wie weniger schöne. Aber alle waren so mit dem beschäftigt, was erledigt werden musste, dass sie viel zu erledigt waren, um überhaupt irgendwem oder -was Gehör zu schenken. Und ein Ton oder Klang, dem niemand Aufmerksamkeit schenkt, verschwindet für immer und kann niemals wiedergefunden werden.

Die Menschen lachten weniger und beschwerten sich mehr, sie sangen seltener und schrien öfter, und die Geräusche, die sie von sich gaben, wurden immer lauter und ruppiger. Es wurde zusehends schwieriger, den Gesang der Vögel wahrzunehmen oder das Rauschen des Windes, und bald machte sich niemand mehr die Mühe, ihnen überhaupt noch sein Ohr zu leihen.

Er wischte die Tafel ein weiteres Mal sauber, während der Kackerlack nur mit Mühe ein unhörbares Seufzen unterdrückte. Dann schrieb er weiter.

Die Hüterin der Töne wurde immer sorgenvoller und niedergeschlagener. Jeden Abend kamen weniger Geräusche zusammen, und bei den meisten von ihnen lohnte es sich nicht, sie aufzubewahren. Viele Leute meinten, es läge am Wetter, andere machten den Mond verantwortlich, aber die vorherrschende Meinung war, der ganze Ärger hätte in dem Moment angefangen, als man Sinn und Verstand in die Verbannung geschickt hatte. Doch woran auch immer es gelegen haben mochte – keiner wusste, was zu tun war.

Dann, eines Tages, tauchte Kakofonius G. Töse auf, mit seinem Wagen voller dubioser Salben, Tropfen und Elixiere sowie seinem Assistenten aus Schall und Rauch, dem bläulich gräulichen TSCHINN. Er führte eine eingehende Untersuchung durch und versprach, jeden von allem heilen zu können, und die Hüterin der Töne ließ ihn gewähren.

Er verabreichte jedem Erwachsenen und jedem Kind einige Löffel einer scheußlich schmeckenden Medizin, und tatsächlich, es half – aber anders als erwartet. Denn er heilte jeden von allem, nur nicht von Krach und Lärm. Die Hüterin der Töne packte die Wut. Sie jagte ihn für immer aus dem Tal und fasste den folgenden Beschluss:

VOM HEUTIGEN TAG AN WIRD DAS TAL DER TÖNE VERSTUMMEN. DA DIE TÖNE, KLÄNGE UND GERÄUSCHE DORT NICHT ENTSPRECHEND GESCHÄTZT WERDEN, SCHAFFE ICH SIE HIERMIT BIS AUF WEITERES AB. ALLE UNBENUTZTEN BESTÄNDE SIND SOFORT IN DER FESTUNG ABZULIEFERN.

Und das ist bis heute so geblieben. Es gibt auch keine Möglichkeit, irgendetwas daran zu ändern, und jeder Tag bringt neue Schwierigkeiten und Nöte.

Ein kleiner Mann, die Arme voller Briefe und Mitteilungen, drängelte sich durch die Menge und streckte sie Milo entgegen. Der griff sich eine heraus:

Verehrte Hüterin der Töne,
bei uns gab es letzte Woche ein Gewitter, und noch immer hat es nicht gedonnert. Wie lange sollen wir noch warten?
Mit freundlichen Grüßen
Ein Freund

Dann nahm Milo ein Telegramm zur Hand:

ORCHESTERKONZERT GROSSER ERFOLG STOP
WANN KÖNNEN WIR MIT MUSIK RECHNEN STOP

Da siehst du's, setzte der Schreiber wieder ein, *warum du uns helfen musst, die Festung anzugreifen und die Töne, Klänge und Geräusche zu befreien.*

»Aber was kann ich tun?«, schrieb Milo.

Du musst die Hüterin der Töne in ihrer Festung aufsuchen und von dort einen Ton mitbringen, und wenn er noch so klein ist, damit wir mit ihm unsere Kanone laden können. Denn wenn auch nur das geringste Geräusch die Mauern berührt, stürzen sie ein, und alle Töne, Klänge und Geräusche sind wieder frei. Keine leichte Aufgabe, zugegeben, denn die Hüterin ist nur sehr schwer zu überlisten, aber du musst es wenigstens versuchen.

Milo dachte kurz nach. Dann bot er mit einem doppelt unterstrichenen »Wir schaffen das!« seine Hilfe an.

Nur wenig später stand er vor dem Portal der Festung und nahm all seinen Mut zusammen. *Klopf, klopf*, schrieb er gut leserlich auf einen Zettel und schob ihn unter dem Tor hindurch. Sofort öffnete sich einer der beiden Flügel, und als er hinter Milos Rücken wieder ins Schloss fiel, sang eine liebliche Stimme:

»Hier entlang, bitte. Ich bin am Empfang.«

»Heißt das, ich kann wieder reden?«, rief Milo erleichtert, überglücklich seine Stimme zu hören.

»Hier drinnen schon«, antwortete die Stimme sanft. »Aber jetzt komm erst mal in das Empfangszimmer.«

Milo ging langsam den langen Gang hinunter und betrat einen kleinen Raum, in dem die Hüterin der Töne auf ihn wartete. Sie saß vor einem riesigen Radioapparat, dessen Knöpfe, Skalen, Schalter, Tasten und Lautsprecher die gesamte Wand einnahmen, der im Augenblick jedoch nicht den geringsten Ton von sich gab.

»Ist das nicht wunderschön?«, seufzte sie. »Meine absolute Lieblingssendung – fünfzehn Minuten Stille. Anschließend noch eine halbe Stunde Ruhe sowie ein stummes Zwischenspiel. Wusstest du eigentlich, dass fast genauso viele Formen von Stille existieren, wie es Geräusche gibt? Nur schenkt ihnen heutzutage leider so gut wie niemand mehr Beachtung.

Nimm zum Beispiel bloß mal die wunderbare Stille direkt vor dem Sonnenaufgang. Hast du ihr jemals gelauscht?«, wandte sie sich an Milo. »Oder der Ruhe vor und nach dem Sturm?« Sie machte eine kurze Pause. »Nun, zumindest das Schweigen, das entsteht, wenn man etwas gefragt wird und nicht sofort die Antwort weiß, scheinst du zu kennen. Vielleicht ja auch das lautlose Vor-einem-Liegen einer nächtlichen Landstraße

oder die erwartungsvolle Pause in einem Saal voller Menschen, kurz vor einem Vortrag, oder, ganz besonders schön, den Moment, nachdem die Tür sich hinter einem Besucher schließt und man sein Haus, seine Wohnung oder sein Zimmer wieder ganz für sich hat? Weißt du, jeder dieser Augenblicke ist anders, aber wunderschön sind sie alle. Man muss ihnen nur genau genug zuhören.«

Während sie sprach, wurde sie vom sanften Gebimmel der vielen Tausend Glöckchen und Schellen begleitet, die überall an ihren Kleidern baumelten. Und als würde es darauf antworten, läutete auch noch das Telefon.

Für eine, die die Stille liebt, redet sie aber ganz schön viel, dachte Milo.

»Es gab Zeiten, da war ich in der Lage, jedem Geräusch zu lauschen, egal wo und wann«, bemerkte die Hüterin der Töne und deutete auf die Radiowand, »aber jetzt kann ich kaum noch …«

»Entschuldigung«, unterbrach Milo, während das Telefon ununterbrochen klingelte, »aber wollt Ihr nicht rangehen?«

»Um Himmels willen! Doch nicht mitten in der Sendung«, antwortete sie und drehte die Stille etwas lauter.

»Könnte doch was Wichtiges sein«, beharrte Milo.

»Keine Sorge«, versicherte sie ihm, »das bin bloß ich. Manchmal ist es so einsam hier, so sang- und klanglos, dass ich mich selbst sieben- bis achtmal am Tag anrufen muss, um zu erfahren, wie es mir geht.«

»Und wie geht's?«, fragte er höflich.

»Wie stets – nicht besonders gut, fürchte ich. Erster Verdacht auf Hörsturz«, jammerte sie. »Aber nun zu dir. Was bringt dich hierher? Ach so, natürlich! Sicher möchtest du die Kellerarchive besichtigen. Die sind jedoch normalerweise nur montags geöffnet, von zwei bis vier. Aber da du so weit gereist bist, wollen wir mal eine Ausnahme machen. Komm mit, wenn ich bitten darf.«

Sie fuhr so schnell in die Höhe, dass ein ganzes Orchester aus Glocken und Schellen sie auf ihrem Weg den Flur entlang begleitete.

»Bist du nicht auch ganz verrückt nach allem, was klingelt und läutet? Ich jedenfalls bin es«, redete sie ohne Unterbrechung weiter. »Ist überdies auch sehr praktisch. Jedes Mal, wenn ich mich in dieser riesigen Festung mal wieder verlaufe, brauch ich ihnen bloß zu lauschen, und schon weiß ich genau, wo ich bin.«

Sie bestiegen einen winzigen, käfigartigen Fahrstuhl und bewegten sich fast eine Minute lang abwärts, bis sie schließlich in einem riesigen Gewölbekeller ausstiegen, dessen endlose, mit Aktenordnern und Karteikästen gefüllten Regale sich in alle Richtungen erstreckten, von einem Ende zum anderen, vom Boden bis zur Decke.

»Hier ist jedes Geräusch abgelegt, das es jemals gegeben hat«, sagte die Hüterin der Töne, während sie Hand in Hand mit Milo einen der langen Gänge hinuntersprang. »Schau dir zum Beispiel das hier an.«

Sie öffnete eine der Schubladen und zog einen kleinen braunen Umschlag heraus. »Das ist original das Liedchen, das George Washington vor sich hin pfiff, als er in jener historischen Weihnachtsnacht des Jahres 1777 den Delaware River überquerte.«

Milo linste in den Umschlag, und tatsächlich – dort lag es. »Aber warum sammelt Ihr die alle?«, fragte er, als sie die Schublade wieder zuschob.

»Wenn ich sie hier nicht zusammentragen würde«, sagte die Hüterin der Töne, während sie sich tiefer in den Gewölbekeller begaben, »wäre die Luft Tag und Nacht erfüllt von lauter durch die Gegend irrenden Geräuschen. Das wäre schrecklich verwirrend, weil man nie wüsste, ob man gerade hört, was man vor Augen hat, oder etwas längst Vergangenes. Außerdem sammele ich sowieso wahnsinnig gerne, und Geräusche gibt es mehr als alles andere. Wow, ich habe hier alles, vom tausend Jahre alten Sirren einer Mücke bis zu dem, was dir deine Mutter heute Morgen gesagt hat, und solltest du in zwei Tagen wieder hierherkommen, kann ich dir bestimmt auch verraten, was sie dir morgen gesagt haben wird. Hört sich vielleicht kompliziert an, ist aber ganz einfach – ich zeig's dir. Sag irgendein Wort, egal welches.«

»Hallo!«, sagte Milo, weil ihm sonst gerade nichts einfiel.

»Nun, wo, glaubst du, ist das gelandet?«, fragte sie lächelnd.

»Keine Ahnung«, sagte Milo und zuckte die Achseln. »Ich hab immer geglaubt …«

»Das tun die meisten.« Sie summte vor sich hin und spähte einen der Gänge hinunter. »Lass mal sehen: als Erstes gucken wir, wo der Aktenschrank mit den heutigen Geräuschen sich befindet. Ah, da ist er ja. Dann gucken wir erstens unter B, Begrüßungen, und zweitens unter M, Milo, und schon haben wir es, in diesem Umschlag. Du siehst, das ganze System funktioniert praktisch automatisch. Jammerschade, dass es kaum noch zum Einsatz kommt.«

»Ist ja toll«, sagte Milo bewundernd. »Kann ich ein kleines Geräusch haben, als Souvenir?«

»Selbstverständlich ...«, antwortete sie stolz, aber dann schien sie es sich plötzlich anders überlegt zu haben und sagte schnell: »... nicht! Und versuch bloß nicht, eins mitzunehmen! Das ist strengstens verboten.«

Milo machte ein enttäuschtes Gesicht. Ihm schwand jede Hoffnung, auch nur das kleinste Geräusch entwenden zu können, denn die Hüterin der Töne ließ ihn keinen Moment aus den Augen.

»Und jetzt werfen wir noch einen Blick in die Werkstätten«, rief sie und schob ihn durch eine weitere Tür in ein großes, verlassenes Laboratorium voller herumliegender und vor sich hin rostender Apparaturen, Vorrichtungen und Gerätschaften.

»Hier pflegten wir die Geräusche zu erfinden«, sagte sie wehmütig.

»Muss man die denn überhaupt erfinden?«, fragte Milo, der von fast allem überrascht zu sein schien, was sie ihm erzählte. »Ich dachte, die *gibt's* einfach und man muss sie bloß finden.«

»Oje! Die Leute haben ja keine Vorstellung davon, wie viel Mühe es macht, sie herzustellen«, jammerte sie. »Es gab Zeiten, da ging in dieser Abteilung die Post ab, von morgens bis spät in die Nacht.«

»Aber wie erfindet man denn ein Geräusch?«, wollte Milo wissen.

»Ach, ganz einfach«, sagte sie. »Erst einmal muss man sich darüber klar werden, wie das Geräusch aussehen soll, denn jedes Geräusch hat seine ureigene Gestalt und Größe. Danach werden hier in der Werkstatt die ersten Modelle angefertigt und dreimal hintereinander gemahlen, so lange, bis sie unsichtbar sind. Dann reicht es, jedes Mal ein bisschen davon in die Luft zu werfen, immer wenn man es braucht.«

»Aber ich hab noch niemals ein Geräusch gesehen«, sagte Milo ungläubig.

»Da draußen«, sagte sie und deutete mit ihren Armen in jede nur denkbare Richtung, »sieht man sie ja auch nicht. Bloß ab und zu mal, an einem besonders kalten Morgen, wenn sie vor dem Mund gefrieren. Aber hier drinnen sehen wir sie die ganze Zeit. Hier, ich zeig's dir.«

Sie nahm einen umwickelten Stock in die Hand und schlug sechsmal auf eine große, neben ihr stehende Trommel, worauf sechs etwa sechzig Zentimeter dicke, flauschige Wollknäuel geräuschlos zu Boden rollten.

»Siehst du«, sagte sie und steckte zwei von ihnen in eine große Mühle. »Und jetzt sperr die Ohren auf.« Damit nahm sie eine Prise des unsichtbaren Pulvers zwischen die Finger und warf sie mit einem »BUMM, BUMM« vor sich in die Luft.

»Weißt du, wie ein Händeklatschen aussieht?«

Milo schüttelte den Kopf.

»Versuch's mal«, forderte sie ihn auf.

Er klatschte einmal in die Hände, und schon flatterte ein einzelnes weißes Blatt Papier zu Boden. Sofort probierte er es von Neuem, gleich dreimal hintereinander, und wirklich – drei weitere Briefbogen taten es dem ersten gleich. Jetzt klatschte er vor Begeisterung, so schnell er konnte, und ein wahrer Schwall von Papierbogen wirbelte durch die Luft.

»Was hab ich gesagt? Total einfach! Und das gilt für alle Geräusche. Wenn du nur ein wenig darüber nachdenkst, wirst du schon bald wissen, wie jedes aussieht. Gelächter, zum Beispiel«, sagte sie lachend, und schon erhoben sich Hunderte kleiner, in allen Farben schillernder Blasen in die Luft, bevor sie, eine nach der anderen, ohne jedes Geräusch wieder zerplatzten. »Oder die Sprache«, fuhr sie fort. »Manches davon ist leicht und luftig, anderes scharf und spitz, aber das meiste, fürchte ich, ist bloß plump und formlos.«

»Und Musik?«, fragte Milo aufgeregt.

»Gleich da drüben – die entsteht auf unseren Webstühlen. Die großen, wunderschönen Teppiche dahinten sind Sinfonien, in die alle Rhythmen und Melodien eingewoben sind. Jene Tapisserien dort sind Kammerkonzerte, und die anderen Stoffballen, die du hier siehst, sind Serenaden, Walzer, Ouvertüren und Rhapsodien. Natürlich liegen hier auch ein paar von den Liedern rum, die du oft singst«, rief sie und hielt eine Handvoll knallbunter Taschentücher hoch.

Sie hielt einen Moment inne. Dann sagte sie traurig: »Da drüben hatten wir sogar eine Abteilung, die nichts anderes zu tun hatte, als Meeresrauschen in Muscheln zu packen. Kaum zu glauben, was das hier mal für ein glücklicher Ort gewesen ist!«

»Und?«, rief er so heftig, dass die Hüterin der Töne überrascht einen Satz nach hinten machte. »Warum produziert Ihr dann keine Geräusche mehr?«

»Nicht so laut, junger Mann! Wenn es irgendetwas gibt, von dem wir hier mehr brauchen, dann ist das weniger Lärm. So, und nun komm mit, damit ich es dir erklären kann – und das da legst du sofort wieder zurück!« Ihre letzte Bemerkung bezog sich auf Milos Versuch, einen der großen Trommelschläge in seine hintere Hosentasche zu stopfen.

Sie eilten zurück in das Empfangszimmer, und nachdem die Hüterin der Töne sich auf ihren Stuhl gesetzt und im Radio nach intensivem Suchen endlich die tägliche »Stille Stunde« gefunden hatte, wiederholte Milo seine Frage, wenn auch nicht mehr ganz so laut.

»Niemand ist unglücklicher, all die Töne, Klänge und Geräusche zurückhalten zu müssen, als ich«, begann sie flüsternd. »Denn, wenn wir nur genau genug auf sie hören, sagen sie uns mehr über die Dinge als jedes Wort.«

»Aber wenn das so ist«, fragte Milo und war fest davon überzeugt, dass es so war, »solltet Ihr sie dann nicht einfach wieder freilassen?«

»NIE UND NIMMER!«, schrie sie. »Sie benutzen sie ja doch bloß dazu, diesen fürchterlichen Lärm zu verbreiten – eine Tortur für Aug und Ohr. Das überlass ich Kakofonius G.Töse und seinem schrecklichen TSCHINN.«

»Aber gibt es nicht auch ein paar laute Geräusche, die zu irgendetwas gut sind?«, bohrte er weiter.

»Mag schon sein«, erwiderte sie trotzig, »aber solange sie nicht die Geräusche machen, die ich mag, machen sie überhaupt keine.«

»Aber …«, setzte Milo von Neuem an, doch dann hielt er inne. Denn während er noch daran dachte, ihr entgegenzuhalten, ihr Verhalten sei unfair (ein Argument, das die starrköpfige Hüterin der Töne leicht auf dem falschen Fuß hätte erwischen können), war ihm endlich eingefallen, auf welchem Weg er sein kleines Geräusch aus der Festung schmuggeln konnte. In der winzigen Pause zwischen dem Artikulieren des Wortes und dem Moment, in dem es den Weg nach draußen gefunden hätte, presste er die Lippen zusammen, und das »Aber« war in seinem Mund gefangen, fix und fertig, aber noch nicht geäußert.

»Nun, ich habe nicht den ganzen Tag für dich Zeit«, sagte sie ungeduldig. »Doch bevor du gehst, möchte ich, dass du deine Taschen von innen nach außen kehrst. Nur so kann ich sicherstellen, dass du auch nichts geklaut hast.«

Nachdem er dem Wunsch der Hüterin der Töne nachgekommen war, nickte er ihr zum Abschied bloß kurz zu – »Danke« oder »Auf Wiedersehn« zu sagen, hätte schließlich alles vermasselt – und huschte aus der Tür.

13. VOREILIGE SCHLÜSSE

Die Lippen fest zusammengepresst, nahm Milo die Beine in die Hand und rannte in einem Rutsch den ganzen Weg zurück zum Auto. Dort wurde er schon sehnlichst erwartet. Tack kam ihm voller Freude auf der Straße entgegengelaufen, um ihn zu begrüßen, während der Kackerlack bereits höchstpersönlich die Glückwünsche aus der Menge entgegennahm.

Wo ist das Geräusch?, kritzelte jemand hastig auf die Tafel, und alle warteten gespannt auf die Antwort.

Milo brauchte eine Weile, um wieder zu Atem zu kommen. Dann nahm er die Kreide zur Hand und schrieb schlicht und einfach: *Es liegt mir auf der Zunge.*

Ein paar Leute warfen begeistert ihre Hüte in die Luft, andere schrien wie wild, was wohl ein lautes Hurra gewesen wäre, und der Rest schob die schwere Kanone in Position. Sie richteten sie genau auf die dickste Stelle der Festungsmauer und stopften Schießpulver ins Zündloch.

Milo stellte sich auf die Zehenspitzen, beugte sich über die Mündung des Kanonenrohrs und öffnete seine Lippen. Das kleine Geräusch fiel lautlos nach unten,

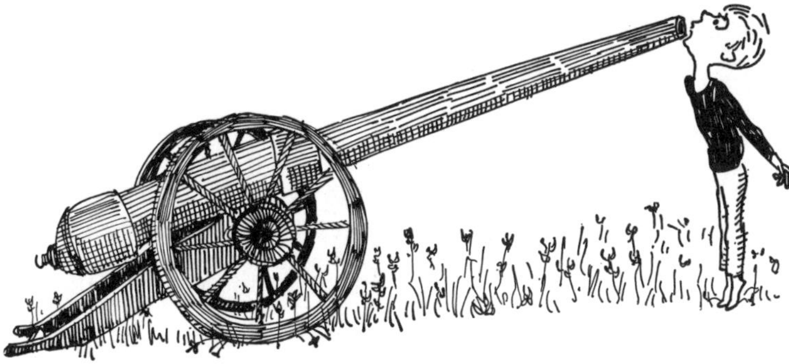

und alles war zum Abschuss bereit. Einen Moment später wurde die Lunte gezündet, und die Funken sprühten wild durch die Gegend.

Hoffentlich wird niemand verletzt, dachte Milo. Doch bevor er noch einen weiteren Gedanken fassen konnte, schoss eine gewaltige Wolke aus weißem und grauem Rauch aus der Mündungsöffnung und dann – so leise, dass es kaum zu hören war – auch das verschluckte ABER.

Widerstrebend flog es ein paar Sekunden lang in hohem Bogen auf die Mauer zu, bevor es sehr zögerlich direkt rechts vom Tor auftraf. Für einen Moment herrschte eine fast unheimliche Stille, noch ruhiger und geräuschloser, als es eh schon war, so, als hielte sogar die Luft die Luft an.

Dann aber ließ ein vernichtender, ohrenbetäubender Donnerschlag die Luft erzittern, gefolgt von einem lang anhaltenden, schmetternden, tosenden, berstenden Krachen. Gleichzeitig stürzte die Festung bis auf den letzten Stein in sich zusammen, und die geborstenen Gewölbe entließen sämtliche Geräusche der letzten Jahrtausende ins Freie.

Jeder Laut, der jemals ausgestoßen oder hervorgebracht worden war, von den Urzeiten absoluter Stille bis hin zu jenen Jahren, in denen man begonnen hatte, verschwenderisch mit ihnen um sich zu werfen, wurde so aus dem Schutt hervorgeschleudert, als hätte die ganze Welt auf einen Schlag angefangen zu schnaufen und zu schniefen, zu husten und zu prusten, zu lachen und zu krachen, zu weinen und zu greinen, zu knistern und zu flüstern. Bruchstücke uralter Reden schwebten vorüber, ebenso wie unlängst gehaltene Schulstunden, das Mündungsfeuer historischer Kriege, Babygeschrei, Autohupen, das gewaltige Rauschen irgendwelcher Wasserfälle, das leise Sirren kleiner Ventilatoren, Pferdegetrappel und alles nur erdenklich andere.

Eine Zeit lang herrschte totales Chaos, so lange, bis sich alle Töne, Klänge und Geräusche über die Berge davonmachten und so schnell verklangen, wie sie gekommen waren, auf der Suche nach ihrer neu gewonnenen Freiheit. Dann war alles wieder so, als wäre nichts geschehen.

Auch die Menge verlief sich im Nu. Jeder ging schwatzend seinen Geschäften nach, und als der Rauch und Staub sich endlich gelegt hatte, standen Milo, Tack und der Kackerlack ganz alleine da. In diesem Moment bemerkten sie die Hüterin der Töne, die niedergeschlagen auf einem Schutthaufen hockte.

»Tut mir unendlich leid«, sagte Milo teilnahmsvoll, als die drei auf sie zugingen, um sie aufzumuntern.

»Aber uns blieb nichts anderes übrig«, ergänzte Tack und fing an, am Schutt zu schnuppern.

»Was für ein entsetzlicher Schlamassel«, stellte der Kackerlack fest und bewies wieder einmal sein untrügliches Gespür, immer genau das Falsche zu sagen.

Die Hüterin der Töne blickte sich um, und auf ihrem Gesicht lag ein Ausdruck ungestillten Schmerzes.

»Es wird Jahre dauern, all diese Geräusche, Töne und Klänge wieder einzusammeln«, schluchzte sie. »Und noch länger, um sie wieder halbwegs vernünftig zu ordnen. Aber ich habe ja selber Schuld. Man kann eben nicht für den guten Ton sorgen, indem man die Menschen einfach zur Stille verdonnert. Das eigentliche Problem ist, zu jedem Zeitpunkt und in jeder Situation den richtigen Ton zu treffen.«

Während sie sprach, näherte sich ihnen mit einem Mal das vertraute und unverkennbare *Quitsch-quatsch, Quitsch-quatsch* der schwerfälligen Schritte von TSCHINN. Er kam den Hügel heruntergestapft und zog einen unglaublich großen Sack hinter sich her.

»Kann vielleicht jemand von euch was mit diesen Tönen anfangen?«, schnaufte er und wischte sich den Schweiß von der Stirn. »Sie sind mir alle entgegengekommen, in einem Rutsch, aber kein einziger von ihnen ist mir grässlich genug.«

Die Hüterin der Töne warf einen kurzen Blick in den Sack, und da waren sie – alle Töne, Klänge und Geräusche, die aus dem Gewölbekeller entwichen waren.

»Wie zauberhaft von dir, sie zurückzubringen!«, rief sie glücklich. »Sobald meine Festung wieder steht, müsst du und der Doktor unbedingt mal bei mir vorbeikommen. Dann verbringen wir einen Abend bei schöner Musik.«

Allein der Gedanke daran bereitete dem TSCHINN eine solche Angst, dass er sich auf der Stelle entschuldigte und in Panik die Straße hinunterspurtete.

»Hoffentlich habe ich ihn nicht beleidigt«, sagte sie leicht beunruhigt.

»Er mag halt nur unangenehme Geräusche«, meinte Tack.

»Ach ja«, seufzte sie. »Ich vergesse ständig, wie vielen es so geht. Aber wahrscheinlich kommt man ohne sie nicht aus, schließlich wüsste man die schönen Klänge nicht zu würdigen, wenn es nicht auch grässliche gäbe.« Sie machte eine kleine Pause. »Wenn nur Sinn und Verstand wieder hier wären! Dann würde ganz bestimmt alles besser.«

»Deshalb haben wir uns ja auch auf den Weg gemacht, sie zu retten«, sagte Milo stolz.

»Was für eine lange, beschwerliche Reise! Hier, damit es euch nicht an Wegzehrung fehlt«, rief sie und drückte Milo ein kleines braunes Paket in die Hand, fein säuberlich eingewickelt und verschnürt. »Das ist übrigens kein gewöhnliches Fresspaket, sondern ein Ohrenschmaus. Schließlich werdet ihr mindestens so oft Hunger nach Klängen verspüren wie nach irgendetwas zu essen. Dort drinnen findet ihr Straßengeräusche bei Nacht, weit entferntes Zugpfeifen, das Knistern herbstlicher Laubfeuer, das Stimmengewirr an einem verkaufsoffenen Samstag, das Schnurpsen, wenn man in einen Toast beißt, Matratzenquietschen und natürlich jede Art von Lachen. Von allem bloß ein bisschen, und trotzdem: Ich bin sicher, dass ihr in der Einsamkeit und Abgeschiedenheit froh darüber sein werdet, sie dabeizuhaben.«

»Ganz bestimmt«, antwortete Milo dankbar.

»Immer diese Straße lang bis zum Meer und dann links abbiegen«, wies sie ihnen sodann den Weg. »Von da dauert es nicht mehr lange, und ihr seid in Zahlheim.«

Kaum hatte sie ihren Satz beendet, da hatten sie sich auch schon verabschiedet und ließen das Tal hinter sich.

Die Fahrt an der Küste entlang verlief glatt, ohne besondere Vorkommnisse. Das ruhig daliegende Meer schob bloß ein paar sanfte Wellen den Strand hinauf, so als hätte es Lust, mit ihm zu spielen. Am Horizont tauchte die Silhouette einer schönen, von Palmen und Blumen bedeckten Insel auf und winkte ihnen einladend über das glitzernde Wasser hinweg zu.

»Nun kann eigentlich nichts mehr schiefgehen«, frohlockte der Kackerlack, doch kaum hatte er das gesagt, schon sprang er wie von der Tarantel gestochen in die Luft und segelte in einem Rutsch bis zu der kleinen Insel.

»Außerdem sind wir absolut in der Zeit«, pflichtete Tack, der Kackerlacks Verschwinden nicht bemerkt hatte, ihm bei. Dann zog es auch ihn urplötzlich in die Luft, und er entschwand.

»Ja, schöner könnte der Tag wirklich nicht sein«, fand auch Milo, der so sehr auf den Weg achtete, dass er nicht mitbekam, dass außer ihm niemand mehr im Auto saß. Und im Nu war auch er verschwunden.

Er landete neben Tack und dem verängstigten Kackerlack auf der kleinen Insel. Diese präsentierte sich jetzt allerdings von einer völlig anderen Seite: Statt inmitten von Palmen und Blumen fanden die drei sich umgeben von Felsgestein und den knorrigen Stümpfen längst abgestorbener Bäume wieder. Das Ganze hatte absolut keine Ähnlichkeit mehr mit dem verlockenden Inselparadies, das sie von der Straße aus gesehen hatten.

»Entschuldigung«, sprach Milo den Erstbesten an, der vorbeikam, »können Sie mir vielleicht sagen, wo ich bin?«

»Entschuldigung«, erwiderte der Mann, »kannst du mir vielleicht sagen, *wer* ich bin?«

Der Mann hatte eine abgewetzte Tweedjacke an, Knickerbocker und wollene Kniestrümpfe. Dazu trug er eine Jagdmütze mit je einem Schirm vorne und hinten und machte einen verwirrten Eindruck.

»Sie müssen doch selber wissen, wer Sie sind«, sagte Milo unwillig.

»Du musst doch selber wissen, wo du bist«, erwiderte der Mann nicht weniger genervt.

»O Mann, das wird anstrengend«, flüsterte Milo Tack zu. »Dem ist nicht zu helfen.«

Sie beratschlagten ein paar Minuten, wie sie vorgehen sollten. Schließlich schaute der Kackerlack hoch und sagte: »Können Sie sich selbst beschreiben?«

»O ja, und ob«, antwortete der Mann freudig erregt, »ich bin so was von groß« – und er schoss in die Höhe, bis von ihm bloß noch die Schuhe und Strümpfe zu sehen waren –, »und ich bin so was von klein« – und er schrumpfte auf die Größe eines Sandkorns. »Ich bin so was von großzügig«, sagte er und gab jedem von ihnen einen großen roten Apfel, »und ich bin so was von selbstsüchtig«, blaffte er und riss ihnen die Äpfel wieder aus der Hand.

»Ich bin so was von stark«, brüllte er und stemmte einen gewaltigen Felsbrocken in die Höhe, »und ich bin so was von schwach«, ächzte er und brach unter dem Gewicht seines Hutes zusammen. »Ich bin so was von schlau«, bemerkte er in zwölf verschiedenen Sprachen, »und ich bin so was von blöd«, gab er zu, während er versuchte, seine beiden Füße in einen einzigen Schuh zu stecken.

»Ich bin so was von elegant«, summte er und balancierte auf einem Zeh, »und ich bin so was von ungeschickt«, jammerte er und fuhr sich mit seinem Daumen ins Auge. »Ich bin so was von schnell«, verkündete er und rannte in Nullkommanichts zweimal um die ganze Insel, »und ich bin so was von langsam«, beklagte er sich und winkte einer Schnecke hinterher. »Hilft euch das irgendwie weiter?«

Die drei flüsterten erneut miteinander, bis sie sich einig waren.

»Nichts einfacher als das«, sagte der Kackerlack und ließ seinen Stock durch die Luft wirbeln.

»Wenn alles stimmt, was Sie da sagen«, fuhr Tack fort.

»Dann gibt's nur eine Lösung«, strahlte Milo. »Sie sind der Sowas-Von.«

»Natürlich, ja, na klar«, rief der

Mann. »Wieso bin ich nicht schon längst selbst draufgekommen? Da bin ich aber so was von froh.« Dann setzte er sich schnell hin, barg den Kopf in seinen Händen und seufzte. »Ach, ich bin so was von traurig.«

»Verraten Sie mir jetzt endlich, wo wir uns befinden?«, fragte Tack und ließ seinen Blick über die trostlose Insel schweifen.

»Klar doch«, sagte der Sowas-Von. »Ihr seid auf der *Insel der voreiligen Schlüsse*. Fühlt euch ganz wie zu Hause. Hier sitzt man nämlich meistens etwas länger fest.«

»Wie sind wir überhaupt hier gelandet?«, fragte Milo, dem immer noch rätselhaft war, was sie hier zu suchen hatten.

»Voreilig, wie sonst?«, erklärte der Sowas-Von. »Das geht den meisten so. Ist doch logisch: Jedes Mal, wenn man einen voreiligen Schluss zieht, obwohl die nötigen Voraussetzungen dafür fehlen, landet man unweigerlich hier. Voreilige Schlüsse zieht man so leicht, dass ich schon tausendmal hier war.«

»Dabei sieht die Insel schrecklich trostlos aus«, bemerkte Milo.

»Stimmt«, gab der Sowas-Von zu. »Voreilige Schlüsse sehen aus der Distanz immer sehr viel besser aus.«

Noch während er sprach, landeten mindestens acht oder neun weitere Menschen auf der Insel.

»Nun«, verkündete der Kackerlack, »jemand, der voreilig hierherkommt, kann ja auch zurückeilen. Und genau das werde ich jetzt machen!« Er machte probehalber ein paar Kniebeugen. Dann schwirrte er davon, so schnell er konnte, nur um nach einem halben Meter zu Boden zu sinken.

»So klappt das nie«, schimpfte der Sowas-Von und half ihm wieder auf die Beine. »So schnell man voreilige Schlüsse ziehen kann – ihre Folgen sind umso langwieriger. Darum ist es auch so schrecklich überlaufen hier.«

Das war keine Übertreibung. Das gesamte Ufer, der kahle Strand ebenso wie die vereinzelten Felsvorsprünge, war gesäumt von großen Ansammlungen traurig aufs Meer hinausblickender Menschen.

»Gibt es hier denn nicht mal Fähren?«, fragte Milo, der darauf brannte, ihre Reise fortzusetzen.

»O nein«, erwiderte der Sowas-Von und schüttelte den Kopf. »Das ist es ja – hier bleibt man viel lieber im Ungefähren. Die einzige Möglichkeit, hier wegzukommen, ist zu schwimmen. Und der Weg zur Küste ist sehr lang und überaus anstrengend.«

»Ich hasse es, nass zu werden«, jammerte der Kackerlack und schüttelte sich schon beim Gedanken daran vor Entsetzen.

»Da geht es dir genauso wie den anderen auch«, bemerkte der Sowas-Von trocken. »Das hält sie ja hier fest. Ich an deiner Stelle würde mir darüber aber nicht allzu viele Sorgen machen. Man kann auch den ganzen Tag im Meer des Wissens schwimmen, ohne sich nass zu machen. Zumindest geht es den meisten so. Aber jetzt müsst ihr mich entschuldigen. Ich muss die Neuankömmlinge begrüßen. Ihr wisst ja – ich bin so was von freundlich.«

Gegen Kackerlacks hartnäckigen Widerstand beschlossen Milo und Tack, auf der Stelle loszuschwimmen. Trotz seiner heftigen Gegenwehr zogen sie ihn hinter sich her Richtung Ufer.

Der Sowas-Von eilte davon, um weitere Auskünfte zu erteilen, und das Letzte, was sie von ihm hörten, war: »Entschuldigung, können Sie mir vielleicht sagen, wer ich bin?«

Sie schwammen und schwammen und schwammen. Es fühlte sich wie eine Ewigkeit an, und nur Tacks ständigen Aufmunterungen war es zu verdanken, dass Milo im eiskalten Wasser nicht die Kräfte schwanden. Dann, endlich, erreichten sie den rettenden Strand, völlig erschöpft und – mit Ausnahme vom Kackerlack – durchnässt bis auf die Knochen.

»Eigentlich gar nicht so übel, da drüben«, sagte der Kackerlack, rückte seinen Schlips zurecht und klopfte sich den Sand aus den Kleidern. »Da führt mich das Schicksal sicher wieder mal hin.«

»Das glaub ich gerne«, schnaufte Milo und schnappte nach Luft. »Ich für meinen Teil werde mich in Zukunft nur dann für was auch immer entscheiden, wenn es gute Gründe dafür gibt und ich weiß, worauf ich mich einlasse. Voreilige Schlüsse kosten einfach zu viel Zeit.«

Das Auto stand immer noch genau da, wo sie es verlassen hatten, und sie machten sich sogleich auf den Weg. Nur wenige Augenblicke später bog die Straße landeinwärts ab, und sie begannen ihren langen Aufstieg in die Berge. Die warme Sonne und der aufkommende leichte Wind taten das Ihre, um sie abzutrocknen.

»Hoffentlich kommen wir bald in Zahlheim an«, sagte Milo, bei dem sich bemerkbar machte, dass sie nicht gefrühstückt hatten. »Würde zu gern wissen, wie weit es noch ist.«

14. Der Dodekaeder weist den Weg

Ein ganzes Stück weiter oben kamen sie an eine Wegkreuzung, von der drei Straßen abzweigten. Als hätte es Milos Frage vernommen, verkündete ein riesiges, in jede der drei Richtungen weisendes Straßenschild:

ZAHLHEIM
5 Kilometer
50 Hektometer
500 Dekameter
5.000 Meter
50.000 Dezimeter
500.000 Zentimeter
5.000.000 Millimeter
UND EIN KLEIN
BISSCHEN MEHR

»Ich würde sagen, wir nehmen die Kilometer«, riet der Kackerlack. »Das ist am kürzesten.«

»Ich bin eher für die Millimeter«, schlug Milo vor. »Die gehen schneller vorüber.«

»Na gut, aber für welchen der drei Wege sollen wir uns entscheiden?«, fragte Tack. »Irgendeinen Unterschied muss es doch geben.«

Während sie noch diskutierten, trat eine höchst absonderliche Gestalt hinter dem Schild hervor und kam in Windeseile auf sie zu. Dabei schwatzte sie ununterbrochen vor sich hin: »Ja, und ob. Und ob es den gibt. Aber klar doch, Himmel, ja! Es gibt einen Unterschied, ohne jeden Zweifel.«

Die Gestalt setzte sich zusammen (anders kann man es beim besten Willen nicht bezeichnen) aus einer großen Anzahl von Linien und Winkeln, die einen massiven viel-seitigen Körper bildeten. Dieser sah aus wie ein Würfel, dem man zunächst seine Ecken abgeschnitten hatte, und danach gleich noch einmal. Seine Kanten waren fein säuberlich durch jeweils einen Kleinbuchstaben gekennzeichnet und jede seiner Ecken durch einen Großbuchstaben. Er trug eine hübsche Baskenmütze auf dem Kopf, und aus jeder seiner vielen Flächen guckte ein ernst dreinschauendes Gesicht hervor. Solltet ihr euch das nur schwer vorstellen können, schaut euch einfach das Bild auf dieser Seite an.

Als sie beim Auto angelangt war, nahm die Gestalt ihre Mütze vom Kopf und sagte ein Gedicht auf, laut und deutlich:

»Ich bin ein wenig sonderlich,
mit Ecken, Kanten, Flächen.
Dodekaeder nennt man mich,
mit wem werd ich gleich sprechen?«

»Was ist denn ein Dodekaeder?«, erkundigte sich Milo, der schon Mühe hatte, das sonderbare Wort überhaupt auszusprechen.

»Sieh selbst«, sagte der kleine Kerl lächelnd und drehte sich langsam um die eigene Achse. »Ein Dodekaeder ist ein geometrischer Körper, dessen Flächen einem zwölfmal ihr Gesicht zuwenden können.«

Kaum hatte er das gesagt, schon erschienen elf weitere Gesichter, eins auf jeder Fläche, und jedes von ihnen hatte einen anderen Ausdruck.

»Normalerweise benutze ich bloß eins zur selben Zeit«, bekannte er, und alle Gesichter, bis auf das Milo zugewandte, verschwanden wieder in der Versenkung. »So halten sie länger. Und? Wie heißt du?«

»Milo«, sagte Milo.

»Was für ein merkwürdiger Name«, sagte er, und sein lächelndes Gesicht wich einem anderen, das die Stirn in Falten gelegt hatte. »Außerdem hast du bloß ein einziges Gesicht.«

»Ist das denn schlimm?«, fragte Milo und vergewisserte sich schnell, ob es noch da war.

»Na ja, es nutzt doch viel schneller ab, wenn du es ständig gebrauchst«, antwortete der Dodekaeder. »Ich habe ein Gesicht, um zu lächeln, eins fürs Lachen, eins fürs Weinen, eins zum Stirnrunzeln, ein nachdenkliches, ein schmollendes und noch sechs mehr. Nennt man denn jeden Körper mit nur einem Gesicht einen Milo?«

»Ach was«, antwortete Milo, »manche heißen Heinrich oder Georg oder Robert oder Johann oder sonst wie.«

»Schrecklich«, rief der Dodekaeder, »da kommt man ja völlig durcheinander! Bei uns sagt der Name ganz genau, was oder wer man ist. Die Dreiecke heißen Dreiecke, die Kreise heißen Kreise, und auch alle gleichen Zahlen haben denselben Namen. Stell dir bloß mal vor, was geschähe, wenn manche Zweien sich Heinrich nennen würden oder Georg und andere Robert, Johann oder sonst wie. Dann müsste man ja sagen: Robert plus Johann gleich vier, und wenn die Vier dann vielleicht noch Albert hieße, wäre man hoffnungslos verloren.«

»So hab ich noch nie darüber nachgedacht«, gab Milo zu.

»Dann ist es ja höchste Zeit, dass du damit anfängst«, wies ihn der Dodekaeder mit seinem zurechtweisenden Gesicht zurecht. »Denn hier in Zahlheim nehmen wir alles ziemlich genau.«

»Dann kannst du uns vielleicht auch sagen, für welchen Weg wir uns entscheiden sollen«, sagte Milo.

»Und ob ich das kann«, antwortete er freudig. »Das ist doch kinderleicht: Wenn ein kleines Auto mit drei Insassen für zehn Minuten mit fünfzig Kilometer die Stunde eine fünf Kilometer lange Straße entlangfährt und um 11:35 startet, zur selben Zeit also, wie drei Leute, die in einem kleinen Kraftfahrzeug mit fünfunddreißig Kilometer die Stunde eine Viertelstunde lang eine andere Straße längsfahren, die doppelt so lang ist wie die halbe Distanz der ersten, während ein Hund, eine Schabe und ein Junge die nämliche Strecke in der gleichen Zeit oder die gleiche Strecke in der nämlichen Zeit auf einer dritten Straße zurücklegen, und das Mitte Oktober – wer wird dann sein Ziel als Erster erreichen, und welcher Weg ist der beste?«

»Siebzehn«, rief der Kackerlack, der wie wild auf einem Stück Papier herumkritzelte.

»Nun, ich bin mir nicht ganz sicher, aber ...«, stammelte Milo, nachdem er einige Minuten fieberhaft darüber nachgedacht hatte.

»Na, ein bisschen besser muss das aber noch werden«, schimpfte der Dodekaeder. »Sonst kriegt ihr nie im Leben raus, wie weit ihr gefahren seid und ob ihr überhaupt jemals dort angekommen seid oder nicht.«

»Im Lösen von Rechenaufgaben war ich noch nie besonders gut«, gestand Milo.

»Was für ein Jammer«, seufzte der Dodekaeder. »Dabei sind sie so praktisch. Weiß man zum Beispiel, dass ein einundsechzig Zentimeter langer Biber mit einem fünfundvierzigeinhalb Zentimeter langen Schwanz einen drei Meter sechsundsechzig hohen und ein Meter dreiundachtzig breiten Damm in zwei Tagen bauen kann, bräuchte man bloß zehn drei Meter sechsundsechzig lange Biber mit je einem zwei Meter dreiundsiebzig langen Schwanz, um in gerade mal hundert Tagen die Hoover-Talsperre zu errichten.«

»Und wo, bitte schön, soll man so große Biber auftreiben?«, grummelte der Kackerlack und drückte seinen Bleistift so stark aufs Papier, dass die Spitze abbrach.

»Keine Ahnung. Aber wenn es einem gelänge, wüsste man zumindest etwas mit ihnen anzufangen.«

»Das ist doch völlig sinnlos«, protestierte Milo, dem vor lauter Zahlen und Fragen schon der Kopf brummte.

»Mag schon sein«, räumte er ein, »aber das Ganze hält jeder Prüfung stand, und solange die Antwort stimmt, spielt die Frage doch überhaupt keine Rolle. Wenn dir an irgendeinem Sinn gelegen ist, musst du schon selber für ihn sorgen.«

»Jede der drei Straßen führt in derselben Zeit zum selben Ziel«, meldete sich Tack, der die ganze Zeit geduldig an der Lösung der ersten Aufgabe gesessen hatte.

»Korrekt«, rief der Dodekaeder. »Ich werde euch sogar höchstpersönlich dorthin begleiten. Da seht ihr mal, wie sinnvoll Rechenaufgaben sind. Und hättet ihr diese nicht korrekt gelöst, wer weiß, ob ihr nicht womöglich den falschen Weg genommen hättet.«

»Es will mir einfach nicht in den Kopf, was ich falsch gemacht habe«, jammerte der Kackerlack und überprüfte krampfhaft seine einzelnen Rechenschritte.

»Aber wenn alle Straßen zur gleichen Zeit zum selben Ziel gelangen«, hakte Milo nach, »ist dann nicht jede von ihnen der richtige Weg?«

»Keineswegs«, rief der Dodekaeder aufgebracht und bedachte ihn mit seinem empörtesten Gesichtsausdruck. »Sie sind alle drei *falsch*. Die bloße Tatsache, dass ihr die Wahl habt, heißt ja noch lange nicht, dass überhaupt eine von ihnen richtig ist.«

Damit ging er zurück zum Wegweiser und drehte ihn dreimal um seine Achse. Daraufhin verschwanden die drei angezeigten Wege und machten einem neuen Platz, der in der Richtung verlief, in die das Schild jetzt zeigte.

»Ist denn jeder Weg nach Zahlheim fünf Kilometer lang?«, fragte Milo.

»Wohl oder übel«, erwiderte der Dodekaeder und sprang auf die Heckklappe. »Schließlich haben wir bloß dieses eine Schild.«

Die neue Straße war ziemlich holprig und von Steinen nur so übersät. Jedes Mal, wenn sie über einen hinwegfuhren, flog der Dodekaeder in die Höhe und landete auf einem anderen seiner zwölf Gesichter. Dabei schmollte er, lachte, schimpfte oder runzelte die Stirn, je nachdem, auf welche Seite er gerade fiel.

»Gleich sind wir da«, verkündete er lachend nach einem dieser Flüge. (Offensichtlich war er auf seinem freundlichen Gesicht gelandet.) »Willkommen in Digitalien, dem Land der Zahlen.«

»Sieht nicht gerade einladend aus«, bemerkte der Kackerlack, denn während die Straße sich immer weiter in die Höhe schraubte, war weit und breit kein Baum zu sehen und bald danach nicht einmal mehr der kleinste Grashalm. Überall bloß Felsen und Geröll.

»Ist das die Gegend, wo die Zahlen hergestellt werden?«, fragte Milo, als das Auto wieder mal über einen

Stein rumpelte, dieses Mal so heftig, dass es den Dodekaeder aus dem Auto schleuderte und er Hals über Kopf und Ecke über Kante den Berghang hinunterrollte, bis er mit nach oben gerichteter Trauermiene auf etwas liegen blieb, das so aussah wie der Eingang zu einer Höhle.

»Die werden nicht einfach hergestellt«, rief er zu ihnen hinauf, als wäre nichts geschehen. »Man muss nach ihnen graben – noch nie was vom Wurzelziehen gehört? Du scheinst ja überhaupt keine Ahnung von Zahlen zu haben.«

»Na ja, ich finde sie bloß nicht so wichtig«, protestierte Milo, dem es zu peinlich war, mit der Wahrheit rauszurücken.

»NICHT SO WICHTIG!«, brüllte der Dodekaeder und wurde rot vor Ärger. »Könnte man etwa zweihändig Klavier spielen, ohne die Zwei? Und was wäre der Dreizack ohne die Drei? Und was ist mit den vier Jahreszeiten? Und wie sollte man alle fünfe grade sein lassen ohne die Fünf. Ich sag dir *eins*: Du bist ohne Zweifel ganz schön dreist! Schließlich ist das hier mein Revier!«

»Ich wollte damit doch nur sagen …«, begann Milo, aber der Dodekaeder war so außer sich geraten, dass er sich immer mehr ereiferte.

»Wenn du hochfliegende Pläne hast, wie willst du, bitte schön, ohne Zahlen rauskriegen, wie hoch sie eigentlich sind? Und wusstest du schon, dass der schmale Grat, auf dem man wandert, nicht immer gleich schmal ist? Und würdest du hier etwa weit und breit keinen Baum sehen, wenn du nicht wüsstest, wie weit und breit es hier ist? Und wie willst du etwas auf die lange Bank schieben«, beendete er seine Schimpfkanonade und fuchtelte wild mit seinen Armen herum, »wenn du nicht sagen kannst, wie lang die Bank eigentlich ist? Potztausend, Zahlen sind das Schönste und Wertvollste, was es auf der Welt gibt. Kommt einfach mal mit, dann werdet ihr schon sehen.« Er machte auf dem Absatz kehrt und verschwand vor ihnen in der Höhle.

»Kommt schon, kommt schon«, drang es aus dem dunklen Loch. »Ich hab nicht den ganzen Tag Zeit, auf euch zu warten.« Da folgten sie ihm, ohne weiter zu zögern, in den Berg hinein.

Es dauerte ein paar Minuten, bis ihre Augen sich an das Dämmerlicht gewöhnt hatten. Bis es so weit war, vernahmen sie um sich herum ganz merkwürdige Geräusche – ein ständiges Kratzen, Klopfen, Poltern und Schaben.

»Setzt das hier auf«, wies der Dodekaeder sie an und gab jedem von ihnen einen Helm, an dem eine Grubenlampe befestigt war.

»Wohin gehen wir?«, flüsterte Milo, denn es war einer jener Orte, an denen man automatisch das Gefühl bekam, flüstern zu müssen.

»Wir sind schon da«, erwiderte der Dodekaeder mit einer weit ausholenden Geste: »Dies hier ist die Zahlenmine.«

Milo spähte blinzelnd in die Dunkelheit und bemerkte erst jetzt, dass sie sich in einer weitläufigen Grotte befanden. Sie wurde nur durch ein schwaches, gespenstisches Glimmen beleuchtet, das von den mächtigen Tropfsteinen ausging, die von der Decke herabhingen. Die Wände waren durchzogen von Gängen und Stollen, die sich ihren Weg auf beiden Seiten der Höhle vom Boden bis zur hoch über ihnen liegenden Decke bahnten. Und egal wohin Milo seinen Blick lenkte, überall sah er kleine Männer, nicht größer als er selbst, die ununterbrochen gruben und hackten, schaufelten und scharrten und mit Steinen bepackte Loren von einem Platz zum anderen zogen und zerrten.

»Hier entlang«, forderte der Dodekaeder sie auf. »Und passt auf, wo ihr hintretet.«

Der Klang seiner Stimme wurde vielfach von den Wänden zurückgeworfen. Ihr Echo vereinte sich mit den Geräuschen des geschäftigen Treibens um sie herum zu einem mächtigen Summen und Brummen. Tack trabte dicht neben Milo, während der Kackerlack so anmutig wie möglich hinter den beiden her trippelte.

»Wessen Mine ist das eigentlich?«, fragte Milo und wich gerade noch rechtzeitig zwei voll beladenen Loren aus.

»WESSEN MINE? BEI DEN VIER MILLIONEN ACHTHUNDERTSIEBENUNDZWANZIGTAUSEND-SECHSHUNDERTNEUNUNDFÜNFZIG HAAREN AUF MEINEM KOPF! DU MACHST ES MIR WIRKLICH NICHT LEICHT, DIR DIE DUMMHEIT DEINER FRAGEN ZU VERZEIHEN, OHNE EINE MIENE ZU VERZIEHEN – MEINE NATÜRLICH!«, ließ eine mächtige Stimme die Höhle erzittern. Und dann strebte eine Gestalt auf sie zu, bei der es sich nur um den Mathemagikus handeln konnte.

Er war in ein langes, fließendes Gewand gekleidet, das von oben bis unten mit den kompliziertesten mathematischen Gleichungen und Formeln bestickt war. Dazu trug er einen hohen, spitzen Hut, der ihn überaus weise erscheinen ließ. In seiner Linken hielt er einen langen Stab mit einer Bleistiftspitze an dem einen und einem großen Radiergummi an dem anderen Ende.

»Was für eine außerordentlich schöne Mine«, versuchte der Kackerlack, dem lautes Gebrüll immer gleich Angst einjagte, die eisige Miene des Mathemagikus aufzuhellen.

»Die größte Zahlenmine im ganzen Königreich«, sagte dieser stolz.

»Gibt's hier auch wertvolle Edelsteine?«, fragte Milo gespannt.

»WERTVOLLE EDELSTEINE!«, donnerte der Mathemagikus noch lauter als beim ersten Mal. Und dann beugte er sich zu Milo herunter und flüsterte ihm ins Ohr: »Bei den acht Millionen zweihundertsiebenundvierzigtausenddreihundertzwölf Fäden in meinem Gewand – und ob es hier welche gibt. Schau her.«

Er griff in einen der Grubenwagen, zog ein kleines Stück aus dem Steinhaufen und rieb es so lange an seinem Gewand, bis es im Licht blitzte und blinkte.

»Aber das ist ja eine Fünf«, wandte Milo ein, denn genau darum handelte es sich.

»Exakt«, bestätigte der Mathemagikus. »Mindestens so kostbar wie irgendwelche x-beliebigen Klunker, die man überall kaufen kann. Guck dir ruhig auch noch ein paar andere an.«

Er griff erneut in den Steinhaufen und drückte Milo eine ordentliche Handvoll in die Arme. Unter ihnen befanden sich alle Zahlen von Eins bis Neun sowie zahllose Nullen.

»Hier schürfen wir die Zahlen nicht nur, sondern wir polieren sie auch gleich vor Ort«, legte der Mathemagikus nach.

Er deutete auf eine Gruppe von Arbeitern, die eifrig damit beschäftigt waren, den Zahlen mit Schwabbelscheiben zu Leibe zu rücken. »Und dann verschicken wir sie in alle Welt. Sind sie nicht eine Wucht?!«

»Eins a, wirklich!«, sagte Tack beeindruckt, denn er hatte eine ganz besondere Vorliebe für Ziffern und Zahlen.

»Ich habe mich schon immer gefragt, wo sie eigentlich herkommen«, sagte Milo und schaute voller Ehrfurcht auf die Ansammlung glitzernder Zahlen. So vorsichtig wie möglich gab er sie an den Mathemagikus zurück. Trotzdem knallte eine zu Boden und brach entzwei. Der Kackerlack zuckte zusammen, und Milo schaute entsetzt drein.

»Halb so schlimm«, sagte der Mathemagikus und hob die beiden Hälften auf. »Die eignen sich wunderbar zur Bruchrechnung.«

»Gibt es hier denn keinen einzigen Diamanten, Smaragd oder Rubin?«, fragte der Kackerlack leicht irritiert, denn von dem, was er bisher gesehen hatte, war er ziemlich enttäuscht.

»Mehr als genug«, erwiderte der Mathemagikus und wandte sich dem rückwärtigen Bereich des Stollens zu. »Hier entlang.«

Und wirklich, da lagen sie – in großen, bis zur Decke aufgetürmten Haufen. Und nicht bloß Diamanten, Smaragde und Rubine, sondern auch Saphire, Amethyste, Topase, Mondsteine und Granate. Keiner von ihnen hatte jemals eine solch unvorstellbare Ansammlung von Schätzen auf einem Haufen gesehen.

»Die reinste Plage«, seufzte der Mathemagikus. »Weiß der Himmel, was wir damit anstellen sollen. Also buddeln wir sie einfach immer weiter aus und schmeißen sie weg. Und jetzt«, sagte er, holte eine silberne Trillerpfeife aus seiner Tasche und blies kräftig hinein, »wollen wir erst mal eine Kleinigkeit essen.«

Und dann verschlug es dem Kackerlack zum ersten Mal in seinem Leben die Sprache vor Erstaunen.

15. VON NULL AUF UNENDLICH

Acht der stärksten Grubenarbeiter schleppten einen gewaltigen Kessel in den Stollen. Er blubberte und zischte, während ihm Schwaden köstlich duftenden Dampfes entwichen und sich zur Decke emporkräuselten. Der süße, aber strenge Duft hing in der Luft, schwebte von einer hungrigen Nase zur nächsten, hielt jeweils gerade lang genug inne, bis demjenigen das Wasser im Mund zusammenlief, und sorgte für heftiges, allgemeines Magenknurren. Milo, Tack und der Kackerlack beobachteten gespannt, wie der Rest der Bergmänner ihre Werkzeuge fallen ließ und sich um den Kessel scharte, um sich zu bedienen.

»Vielleicht wollt ihr ja auch was?«, fragte der Mathemagikus.

Dann reichte jedem von ihnen eine bis zum Rand gefüllte Schüssel.

»Gern, Sir«, sagte Milo, denn er hatte schon einen Mordshunger.

»Danke«, schloss sich Tack an.

Bloß der Kackerlack sagte nichts, so sehr war er bereits damit beschäftigt, seine Schüssel zu leeren. In Nullkommanichts hatten die drei alles bis auf das letzte Fitzelchen aufgegessen.

»Nehmt euch ruhig noch eine Portion«, sagte der Mathemagikus. Er füllte ihre Schüsseln aufs Neue, und auch diesmal dauerte es keine Sekunde länger als beim ersten Mal, bis sie alles verputzt hatten.

»Das wird doch nicht etwa schon alles gewesen sein?«, sagte der Mathemagikus und füllte ihnen noch mal auf,

und noch mal,

und noch mal,

und noch mal,

und noch mal.

Merkwürdig, dachte Milo, nachdem er seine Schüssel zum siebten Mal geleert hatte. *Nach jedem Mal bin ich hungriger als zuvor.*

»Langt zu«, forderte der Mathemagikus sie auf, und weiter ging's: Kaum hatte er ihnen ihre Schüsseln gefüllt, schon waren sie wieder leer.

Nachdem Milo neun Portionen verschlungen hatte, Tack elf und der Kackerlack, ohne einmal Pause zu machen oder auch nur einmal hochzuschauen, sage und schreibe dreiundzwanzig, blies der Mathemagikus ein zweites Mal in seine Pfeife. Im selben Moment wurde der Kessel hinausgetragen, und die Bergleute machten sich wieder an die Arbeit.

»U-u-p-p-s-s«, stieß der Kackerlack hervor, als er merkte, dass er dreiundzwanzig Mal hungriger war als vor dem Essen. »Ich sterbe vor Hunger.«

»Ich auch«, jammerte Milo und konnte sich nicht daran erinnern, dass sein Magen sich jemals so leer angefühlt hatte. »Dabei habe ich gespachtelt wie ein Scheunendrescher.«

»Ja, nicht wahr, das war köstlich«, sagte der Dodekaeder zufrieden und wischte sich die Soße von einigen seiner Münder. »Die Spezialität unseres Königreichs – der Subtraktions-Eintopf.«

»Mein Appetit ist größer als am Anfang«, sagte Tack und lehnte sich mit wackligen Knien gegen einen der größeren Steinbrocken.

»Na klar«, erwiderte der Mathemagikus. »Was habt ihr denn erwartet? Je mehr man isst, desto hungriger wird man. Das weiß doch jedes Kind.«

»Ist das so?«, bemerkte Milo zweifelnd. »Und wie werdet ihr dann jemals satt?«

»Satt?«, antwortete der Mathemagikus genervt. »Hier in Zahlheim begeben wir uns zum Essen, wenn wir satt sind, und essen so lange, bis wir wieder Hunger haben. Auf diese Weise hat man bereits mehr als genug, wenn man gar nichts hat. Ein äußerst wirtschaftliches System. Potztausend! Ihr müsst ja pappsatt gewesen sein, dass ihr so viel essen konntet.«

»Ist doch total logisch«, erklärte der Dodekaeder. »Je mehr man will, desto geringer ist das, was man bekommt, und je weniger man bekommt, desto mehr hat man. Eine simple Rechenaufgabe, nichts weiter. Angenommen, du hast etwas und fügst etwas hinzu – was ergibt das?«

»Mehr«, sagte Milo schnell.

»Völlig korrekt.« Der Dodekaeder nickte. »Und jetzt geh mal davon aus, du hast etwas und fügst nichts hinzu. Was kommt da raus?«

»Dasselbe wie zuvor«, antwortete Milo ohne große Überzeugung.

»Ausgezeichnet«, rief der Dodekaeder. »Und nun stell dir vor, du hast etwas und fügst weniger als nichts hinzu. Na, was bekommst du dann?«

»HUNGER!«, brüllte der Kackerlack, dem plötzlich schmerzlich bewusst wurde, dass es genau das war, was er sich dreiundzwanzigmal in seine Schüssel gefüllt hatte.

»Ganz so schlimm ist es nun auch wieder nicht«, besänftigte ihn der Dodekaeder mit seinem allerfreundlichsten Gesicht. »In ein paar Stunden fühlt ihr euch bestimmt wieder satt und wohl – rechtzeitig vor dem Abendessen.«

»O Mann«, sagte Milo leise. Und traurig fügte er hinzu: »Ich hab immer nur Lust zu essen, wenn ich Hunger habe.«

»Was für eine kuriose Idee«, sagte der Mathemagikus, hob seinen Stab hoch über seinen Kopf und fuhr ein paar Mal mit dem Gummiende an der Decke hin und her. »Fehlt bloß noch, dass du uns weismachen willst, dass ihr euch nur schlafen legt, wenn ihr müde seid.«

Kaum hatte er den Satz beendet, da lösten sich die Höhle, die Grubenarbeiter und der Dodekaeder in Luft

auf, und sie standen zu viert im Arbeitszimmer des Mathemagikus.

»Ich merke immer wieder«, erklärte er seinen verdutzten Besuchern beiläufig, »dass es am einfachsten ist, seinen Standpunkt zu ändern, wenn man alles ausradiert und von vorn anfängt. Fühlt euch ganz wie zu Hause.«

»Reist Ihr immer auf diese Art und Weise?«, fragte Milo und ließ seinen Blick neugierig durch den seltsamen, ringförmigen Raum kreisen, dessen sechzehn winzige Bogenfenster exakt den sechzehn Kreissektoren eines Kompasses entsprachen. Die Außenwand war in Zahlen von null bis dreihundertsechzig aufgeteilt, die den Graden eines Kreises entsprachen, und auf dem Fußboden, den Wänden, Tischen, Stühlen, Pulten, Schränken und der Decke klebten Schildchen, auf denen die jeweilige Höhe, Breite und Tiefe sowie ihr Abstand voneinander vermerkt waren. An der einen Seite lag ein gewaltig großer Notizblock aufgeschlagen auf einer Staffelei, und von der Decke baumelte eine ganze Sammlung von Waagschalen, Linealen, Zollstöcken, Gewichten, Maßbändern und was es sonst noch an Gerätschaften gibt, alles und jedes auf jede nur erdenkliche Art und Weise zu vermessen.

»Nein, wo denkst du hin«, antwortete der Mathemagikus, und diesmal drehte er seinen Stab so, dass die Bleistiftspitze nach oben zeigte, zeichnete eine dünne, gerade Linie in die Luft und bewegte sich auf ihr anmutig von einer Seite des Raums zur anderen. »Meistens wähle ich die kürzeste Entfernung zwischen zwei Punkten. Und wenn ich mal an mehreren Orten zugleich sein muss«, fuhr er fort und schrieb behutsam »7 x 1« in seinen Notizblock, »nehme ich mich selbstverständlich mal.«

Auf einmal stand der Mathemagikus gleich sieben Mal vor ihnen, und alle sieben glichen sich wie ein Ei dem anderen.

»Wie habt Ihr das denn hingekriegt?«, stieß Milo hervor und schnappte nach Luft.

»Nichts einfacher als das«, erwiderten alle sieben im Chor, »zumindest wenn man einen Zauberstab hat.« Dann vollzogen sechs von ihnen mit diesem eine kleine Bewegung in der Luft und zauberten sich ebenso einfach wieder weg.

»Aber das ist doch bloß ein großer Bleistift«, widersprach der Kackerlack und schlug mit seinem Spazierstock dagegen.

»Stimmt schon«, gab der Mathemagikus zu, »aber hat man einmal gelernt, ihn richtig zu gebrauchen, kennt das, was man mit ihm machen kann, keine Grenzen.«

»Kann man auch Dinge verschwinden lassen?«, fragte Milo ihn aufgeregt.

»Selbstverständlich«, sagte er und begab sich zur Staffelei. »Komm ruhig ein bisschen näher und sieh genau hin.«

Nachdem er demonstriert hatte, dass sich nichts in seinen Ärmeln verbarg und er auch nichts in seinem Hut versteckt hatte oder hinter seinem Rücken, notierte er schnell:

$$4 + 9 - 2 \times 16 + 1 \div 3 \times 6 - 67 + 8 \times 2 - 3 + 26 -$$
$$1 \div 34 + 3 \div 7 + 2 \div - 5 =$$

Dann blickte er voller Erwartung auf.

»Siebzehn!«, schrie der Kackerlack, der es richtig gut verstand, immer als Erster falschzuliegen.

»Das Ganze kommt auf null raus«, korrigierte ihn Milo.

»Völlig korrekt«, sagte der Mathemagikus und machte eine theatralische Verbeugung, worauf die gesamte Zahlenreihe vor ihren Augen verschwand. »Gibt es sonst noch etwas, was ihr gern sehen möchtet?«

»Ja, bitte«, sagte Milo. »Könnt Ihr mir die größte Zahl zeigen, die es gibt?«

»Nichts lieber als das«, antwortete er und öffnet eine der vielen Schranktüren. »Wir verwahren sie hier an diesem Platz. Allein um sie auszugraben, waren vier Bergleute nötig.«

In dem Schrank befand sich die größte **3**, die Milo je gesehen hatte. Sie war mindestens doppelt so groß wie der Mathemagikus.

»Nein, so hab ich das nicht gemeint«, protestierte Milo. »Könnt Ihr mir die – wie soll ich sagen –, die längste Zahl zeigen, die es gibt?«

»Sicher doch«, sagte der Mathemagikus und öffnete einen anderen Schrank. »Hier ist sie. Um sie hierherzutransportieren, mussten drei Loren hintereinandergespannt werden, so lang ist sie.«

Im Schrank lag die längste ∞, die man sich überhaupt vorstellen kann. Sie war mindestens dreimal so lang wie die Drei hoch war.

»Nein, nein, nein, das ist immer noch nicht das, was ich meine«, sagte Milo und schaute Hilfe suchend zu Tack.

»Ich glaube«, sagte der Hund und kratzte sich nachdenklich die Zwölf, »das, was du eigentlich sehen möchtest, ist die Zahl mit dem größten Zahlenwert.«

»Warum hast du das nicht gleich gesagt?«, sagte der Mathemagikus, der gerade dabei war, den Umfang eines Regentropfens zu messen. »Was ist denn die größte Zahl, die *du* dir vorstellen kannst?«

»Neun Billionen neunhundertneunundneunzig Milliarden neunhundertneunundneunzig Millionen neunhundertneunundneunzigtausendneunhundertneunundneunzig«, ratterte Milo aufgeregt herunter.

»Sehr gut. Und jetzt zähl einfach eins dazu«, sagte der Mathemagikus. »Und gleich noch mal«, wiederholte er, nachdem Milo die erste Eins addiert hatte. »Und gleich noch mal. Und gleich noch mal. Und gleich noch mal. Und gleich noch mal. Und gleich noch mal. Und gleich noch mal. Und gleich noch …«

»Wann kann ich denn endlich damit aufhören?«, fragte Milo flehentlich.

»Nie«, sagte der Mathemagikus mit dem Anflug eines Lächelns, »denn die Zahl, nach der du suchst, ist immer mindestens um eins größer als die Zahl, die du erhältst, und sie ist so lang, dass du schon gestern hättest damit anfangen können, sie aufzusagen, und trotzdem wärst du morgen Abend noch nicht fertig.«

»Und wo, bitte schön, sollte man eine solche Zahl finden?«, ätzte der Kackerlack.

»Dort, wo man auch die kleinste Zahl findet«, gab der Mathemagikus bereitwillig Auskunft. »Und wie die lautet, weißt du ja sicher.«

»Natürlich«, sagte der Kackerlack, und dann fiel ihm ein, dass er dringend etwas am anderen Ende des Raums zu erledigen hatte.

»Ein Einmillionstel?«, fragte Milo, der versuchte sich den kleinsten Bruchteil einer Zahl vorzustellen.

»Nicht schlecht für den Anfang«, sagte der Mathemagikus. »Und jetzt teil das einfach mal durch zwei. Und das dann wieder durch zwei. Und das dann wieder durch zwei. Und das dann wieder durch zwei. Und das dann wieder durch zwei. Und das dann wieder durch zwei. Und das dann wieder durch …«

»Mannomann«, rief Milo und hielt sich die Ohren zu, »hört das etwa auch nie auf?«

»Wie sollte es?«, sagte der Mathemagikus. »Wenn du, egal was auch immer du übrig behältst, jedes Mal wieder durch zwei teilen kannst, und das so lange, bis die Zahl so klein ist, dass du, wenn du sie nennen wolltest, schon längst damit fertig wärst, bevor du überhaupt angefangen hast?«

»Und wo könnte man etwas so winzig Kleines aufbewahren?«, fragte Milo, der sich das beim besten Willen nicht vorstellen konnte.

Der Mathemagikus hörte auf herumzumessen und erklärte: »Ganz einfach, in einer Schachtel, die so klein ist, dass man sie nicht sehen kann – und die liegt in einer Schublade, die so klein ist, dass man sie nicht sehen kann, in einer Kommode, die so klein ist, dass man sie nicht sehen kann, in einem Haus, das so klein ist, dass man es nicht sehen kann, in einer Straße, die so klein ist, dass man sie nicht sehen kann, in einer Stadt, die so klein ist, dass man sie nicht sehen kann, die zu einem Land gehört, das so klein ist, dass man es nicht sehen kann, in einer Welt, die so klein ist, dass man sie nicht sehen kann.«

Er setzte sich hin, fächelte sich mit seinem Taschentuch Luft zu und fuhr fort: »Dann packen wir das Ganze natürlich in eine andere Schachtel, die so klein ist, dass man sie nicht sehen kann, und … wenn ihr mitkommt, zeige ich dir, wo du sie finden kannst.«

Sie gingen zu einem der kleinen Fenster, an dessen Sims das Ende einer Geraden begann, die von dort aus, dicht über dem Erdboden, in die Ferne reichte, so weit, bis sie hinter dem Horizont verschwand.

»Du musst bloß immer dieser Geraden folgen«, sagte der Mathemagikus, »für ewig und drei Tage. Und solltest du irgendwann mal ihr Ende erreichen, einfach die nächste links. Dann bist du in der Unendlichkeit angekommen, wo das Längste und Kürzeste, das Größte und Kleinste, das Meiste und Wenigste von egal was sein Ende findet und seinen Anfang nimmt.«

»Tut mir leid, so viel Zeit habe ich nicht«, sagte Milo bedauernd. »Gibt's denn keinen direkteren Weg?«

»Na ja, versuch's doch einfach mal mit dieser Treppe«, schlug der Mathemagikus vor, öffnete eine Tür und zeigte nach oben. »Die führt ebenfalls dorthin.«

Milo, der mit allem gerechnet hatte, nur damit nicht, durchquerte den Raum, so schnell er konnte, und stürmte die Treppe hinauf, wobei er immer gleich zwei Stufen auf einmal nahm. »Wartet hier auf mich«, rief er Tack und dem Kackerlack zu. »Bin gleich wieder zurück.«

16. EINE HALBE PORTION UND EIN ZIEMLICH SCHRÄGER VOGEL

Hoch ging's und immer höher – zunächst schnell wie der Blitz, dann schon etwas langsamer und nach einer Weile noch etwas langsamer. Schließlich, nachdem er die schier endlose Treppe bereits viele Minuten lang emporgestiegen war, schaffte Milo es kaum noch, einen seiner müden Füße vor den anderen zu setzen. Dann, mit einem Mal, wurde ihm bewusst, dass er seinem Ziel trotz der ganzen Anstrengung kein bisschen näher gekommen war. Schlimmer noch, er hatte sich fast überhaupt nicht von seinem Ausgangspunkt entfernt. Trotzdem kämpfte er sich noch eine Zeit lang weiter, bis er schließlich völlig erschöpft zusammenbrach und auf einer der Stufen niedersank.

»Hätte ich mir ja gleich denken können«, grummelte er vor sich hin, während er seine müden Beine ausruhte und langsam wieder zu Atem kam. »Das ist hier ganz genau so wie bei der Geraden, die immer weitergeht, und ich werde das Ende nie erreichen.«

»Würde dir dort sowieso nicht besonders gut gefal-

len«, antwortete ihm eine sanfte Stimme. »Die Unendlichkeit ist ein schrecklich armseliger Ort. Dort gibt es Probleme ohne Ende.«

Den Kopf immer noch auf seine Hände gestützt, schaute Milo hoch. Allmählich hatte er sich daran gewöhnt, zu den ungewöhnlichsten Zeiten, an den ungewöhnlichsten Orten von den ungewöhnlichsten Leuten angesprochen zu werden – und auch jetzt wurde er nicht enttäuscht. Eine Stufe über ihm stand die linke Hälfte eines kleinen Kindes, fein säuberlich durchtrennt, vom Scheitel bis zur Sohle.

»Entschuldige, dass ich dich so anstarre«, sagte Milo, nachdem er ihn eine ganze Weile angestarrt hatte, »aber obwohl meine Eltern mich immer eine halbe Portion nennen – ein halbes Kind stand mir bis jetzt noch nie gegenüber.«

»0,58 um genau zu sein«, erwiderte das Kind mit der linken Seite seines Mundes (eine andere hatte es schließlich nicht).

»Was bitte?«, entfuhr es Milo.

»0,58«, wiederholte es, »ein bisschen *mehr* als ein halb.«

»Warst du immer schon so?«, fragte Milo leicht genervt, denn diese feine Unterscheidung hielt er für Erbsenzählerei.

»Wo denkst du hin, nein«, versicherte ihm das Kind, halb empört, halb stolz. »Vor ein paar Jahren war ich

gerade mal 0,42. Ziemlich daneben, das kannst du mir glauben.«

»Und was ist mit dem Rest deiner Familie?«, fragte Milo, nun schon etwas freundlicher.

»Och, nichts Besonderes. Totaler Durchschnitt«, meinte er nachdenklich. »Mutter, Vater und 1,58 Kinder. Die 0,58 bin ich, aber das habe ich dir ja schon erklärt.«

»Ist das nicht ziemlich merkwürdig, bloß ein Teil einer Person zu sein?«, bemerkte Milo mitfühlend.

»Ganz im Gegenteil«, sagte das Kind. »Jede Durchschnittsfamilie hat 1,58 Kinder, also habe ich immer jemanden, mit dem ich spielen kann. Außerdem besitzt jede Familie im Durchschnitt 1,3 Autos, und da ich der Einzige in der Familie bin, der in ein 0,3 Auto passt, kann ich die ganze Zeit damit rumfahren.«

»Aber so ein Durchschnitt existiert doch nicht wirklich«, protestierte Milo, »den gibt's doch bloß in der Vorstellung.«

»Mag schon sein«, gab das Kind zu. »Dafür hat so ein Durchschnitt aber oft andere Annehmlichkeiten. Angenommen, du hast keinen Cent, bist aber zusammen mit vier anderen, von denen jeder zehn Dollar bei sich hat, dann hat jeder von euch im Durchschnitt acht Dollar, stimmt's?«

»Ja, schon«, gab Milo zu.

»Na, siehst du, so kann einem der Durchschnitt aus der Patsche helfen«, bekräftigte das Kind voller Überzeugung. »Und dann denk bloß mal an einen armen Bauern, bei dem es das ganze Jahr über nicht ein einziges Mal regnet. Wenn in seiner Region nicht durchschnittlich wenigstens 934 Millimeter Regen fiele, würde ihm seine gesamte Ernte verdorren, und er stände mit leeren Händen da.«

In Milos Ohren klang das alles sehr verwirrend. Schließlich hatte er mit genau so was in der Schule immer große Schwierigkeiten.

»Es gibt noch mehr Vorteile«, fuhr das Kind fort. »Zum Beispiel: Wäre eine Ratte von neun Katzen umzingelt, dann wäre im Durchschnitt jede Katze auch 10 Prozent Ratte, und die Ratte wäre zu 90 Prozent Katze. Stell dir jetzt mal vor, du wärst die Ratte. Das würde deine Situation total verbessern.«

»Aber das kann's doch überhaupt nicht geben«, rief Milo und sprang auf.

»Da wäre ich mir aber gar nicht so sicher«, sagte das Kind geduldig. »Mit das Schönste an Mathematik oder allem, was du sonst noch lernen magst, ist ja gerade, dass es dabei immer wieder Dinge gibt, die es eigentlich gar nicht geben kann. Ganz so«, fuhr es fort, »wie bei deinem Versuch, endlich die Unendlichkeit zu erreichen. Du glaubst zwar, dass es sie gibt – doch wo genau, das weißt du nicht. Aber bloß, weil du nie dort hingelangen kannst, heißt das ja noch lange nicht, dass die Suche danach sich nicht lohnt.«

»So hab ich das noch nie betrachtet«, sagte Milo. »Am besten, ich dreh wieder um.« Und damit begann er, die Treppe hinunterzusteigen.

»Kluger Entschluss«, pflichtete ihm das Kind bei, »kannst es ja später noch mal versuchen – vielleicht kommst du dann schon weiter.« Als Milo ihm zum Abschied zuwinkte, schenkte es ihm ein ganz klein wenig mehr als ein halbherziges Lächeln, so wie es das 47-mal am Tag machte – im Durchschnitt.

Jeder hier weiß so viel mehr als ich, dachte Milo, als er

die Treppenstufen heruntersprang. *Wenn ich die Prinzessinnen wirklich retten will, muss ich mich ganz schön ins Zeug legen.*

Kurze Zeit später hatte er das untere Ende der Treppe erreicht und platzte in das Arbeitszimmer, wo Tack und der Kackerlack gerade aufmerksam verfolgten, was der Mathemagikus ihnen vorführte.

»Ah, schon zurück«, rief der und winkte Milo freundlich zu. »Ich hoffe, du hast gefunden, was du gesucht hast.«

»Leider nein«, gestand Milo. Und dann fügte er entmutigt hinzu: »Hier in Zahlheim ist mir alles viel zu schwer.«

Der Mathemagikus nickte verständnisvoll und strich sich ein paarmal übers Kinn. »Nur Geduld«, sagte er sanft. »Irgendwann wirst du feststellen, dass es zwar viel leichter fällt, Fehler zu machen – diese dafür jedoch umso schwerer wiegen. Ob einem das nun gefällt oder nicht.«

Obwohl Milo sich große Mühe gab, alles, was er in den letzten Stunden gehört und gesehen hatte, zu verstehen, quälte ihn eine Frage: »Woran liegt es bloß«, sagte er nachdenklich, »dass mir oft sogar das, was völlig richtig ist, irgendwie falsch vorkommt?«

Ein Hauch tiefer Melancholie überschattete das Gesicht des Mathemagikus, und Tränen stiegen ihm in seine traurig blickenden Augen. Für einige Minuten herrschte bedrücktes Schweigen, dann schluchzte er: »Deine Frage ist nur zu berechtigt.« Er stützte sich mit seinem ganzen Gewicht auf seinen Stab. »Genauso ist das schon seit dem Tag, an dem Sinn und Verstand verbannt wurden.«

»Ja, ganz genau«, fühlte der Kackerlack sich wieder mal bemüßigt, jemandem nach dem Mund zu reden. »Ich persönlich sage immer …«

»UND ALLES BLOSS WEGEN ABIS ZETT, DIESEM DICKKÖPFIGEN HALUNKEN«, brüllte der Mathemagikus. Seine Traurigkeit war von einem Moment zum anderen in Wut umgeschlagen, und der Kackerlack wusste nicht, wie ihm geschah. Der eben noch so schwach scheinende Mann tigerte aufgebracht durch den Raum, fügte seinem Ärger eine gehörige Portion Empörung hinzu und multiplizierte das Ganze mit großem Zorn: »DAS IST ALLES GANZ ALLEIN SEINE SCHULD.«

»Und wenn«, begann Milo vorsichtig, »Ihr vielleicht mal mit ihm reden wür…«

»Reden? Mit dem? Dazu ist er viel zu unvernünftig«, fuhr der Mathemagikus erneut dazwischen. »Erst letzten Monat habe ich ihm einen freundlichen Brief geschrieben, und er hatte noch nicht einmal den Anstand, mir darauf zu antworten. Sieh selbst.«

Er übergab Milo eine Kopie des Briefes. Dort stand:

4738 1919,

667 394017 5841 62589

85371 14 39588 7190434 203

27689 57131 481206.

5864 98053,

62179875073

»Kann es nicht sein, dass er bloß die Zahlen nicht versteht?«, sagte Milo, dem es selbst nicht gerade leichtfiel, sie zu lesen.

»UNSINN!«, bellte der Mathemagikus. »Jeder kann Zahlen verstehen. Egal, welche Sprache man spricht – sie bedeuten überall dasselbe. Eine Sieben ist auf der ganzen Welt eine Sieben.«

Himmel, dachte Milo, *warum explodiert bloß jeder gleich, wenn es um das geht, was er am besten kennt?*

»Wenn Ihr nichts dagegen habt«, sagte Tack, um das Thema zu wechseln, »würden wir gerne Sinn und Verstand retten.«

»Ist Abis Zett damit einverstanden?«, erkundigte sich der Mathemagikus.

»Ja, Sir«, versicherte Tack.

»DANN BIN ICH ES NICHT!«, donnerte er wieder los, »schließlich haben wir uns seit ihrer Verbannung nie auf etwas einigen können. Und dabei wird es auch in Zukunft bleiben.« Dem letzten Satz verlieh er noch

Nachdruck durch einen dunklen, nichts Gutes verheißenden Blick.

»Nie?«, fragte Milo ungläubig.

»NIE!«, wiederholte der Mathemagikus. »Beweis du mir das Gegenteil, und ich werde dir meine Erlaubnis erteilen.«

»Nun …«, sagte Milo zögernd, der sich schon seit ihrem Aufbruch aus Wortopolis den Kopf darüber zerbrochen hatte, wie dieses Problem zu lösen wäre.

Er gab sich einen Ruck. »Dann seid Ihr also grundsätzlich gegen alles, mit dem Abis Zett sich einverstanden erklärt?«

»Korrekt«, sagte der Mathemagikus und lächelte gönnerhaft.

»Und mit allem, was Abis Zett ablehnt, seid Ihr einverstanden?«

»Logisch«, gähnte der Mathemagikus, griff gelangweilt zu seinem Zauberstab und begann seine Fingernägel zu säubern.

»Dann gebt Ihr also ebenso wie Euer Bruder zu, mit nichts einverstanden zu sein, was der jeweils andere gutheißt«, sagte Milo triumphierend. »Das bedeutet nichts anderes, als dass Ihr Euch in diesem Punkt ganz und gar einig seid!«

»DU HAST MICH AUSGETRICKST!«, schrie der Mathemagikus konsterniert, denn egal wie er es drehte und wendete, an dem, was Milo gesagt hatte, gab es nichts zu rütteln.

»Volltreffer«, bemerkte der Kackerlack beflissen, »das hätte selbst ich nicht besser machen können.«

»Das heißt also, dass wir uns endlich auf den Weg machen können?«, brachte Tack das Ganze auf den Punkt.

Der Mathemagikus erwies sich als guter Verlierer, nickte schwach und bedeutete den dreien, näher zu rücken.

»Vor euch liegt eine weite und gefährliche Reise«, begann er leise und runzelte besorgt die Stirn. »Noch lange bevor ihr auch nur in die Nähe der beiden Schwestern kommt, werden die Dämonen auf euch aufmerksam werden. Haltet die Augen offen und passt auf«, legte er ihnen mit Nachdruck ans Herz, »denn sobald sie auftauchen, kann es bereits zu spät sein.«

Den Kackerlack erfasste ein tiefes Unbehagen, das ihn von Kopf bis Fuß erzittern ließ, und Milo spürte, wie seine Fingerspitzen mit einem Mal ganz kalt wurden.

»Aber es gibt da noch ein weitaus größeres Problem«, flüsterte der Mathemagikus unheilschwanger.

Milo atmete tief durch. »Was denn?«, fragte er zögernd, war sich aber gar nicht so sicher, ob er die Antwort überhaupt hören wollte.

»Das kann ich dir, fürchte ich, erst sagen, wenn du zurückkommst. *Falls* du zurückkommst! Doch nun kommt mit, damit ich euch den Weg zeigen kann.« Der Einfachheit halber hob er Milo auf seine Schulter, klemmte sich die beiden anderen unter die Arme und begab sich mit ihnen bis zur äußersten Grenze von Digitalien. Das zweigeteilte Geist-Reich lag nun hinter ihnen, und vor ihnen führte ein schmaler, zerklüfteter Pfad ins Gebirge und verschwand in der Dunkelheit.

»Mit unserem Auto kommen wir da nicht hoch«, sagte Milo zerknirscht, »nie im Leben.«

»Exakt«, erwiderte der Mathemagikus. »Aber die Gipfel der Unwissenheit erreicht man auch ohne Auto schnell genug. Und wenn euer Unternehmen von Erfolg gekrönt sein soll, müsst ihr schon einen Schritt nach dem anderen machen.«

»Aber ich würde *zu* gern meine Geschenke mitnehmen«, insistierte Milo.

»Kein Problem«, verkündete der Dodekaeder, der schwer bepackt aus dem Nichts auftauchte, »hier hast du dein Fernglas, deine versammelten Töne und hier«, sagte er in einem Ton, als rümpfte er jede einzelne seiner zwölf Nasen, »sind auch noch deine versammelten Wörter.«

»Und das Allerwichtigste«, fügte der Mathemagikus hinzu, »hier ist dein eigener Zauberstab. Wenn du klug mit ihm umgehst, gibt es nichts, was er euch nicht erfüllen kann.«

Und damit steckte er Milo einen kleinen, schimmernden Bleistift in seine Brusttasche, der seinem eigenen fast genau entsprach, bis auf die Größe. Dann verabschiedeten sich er und der Dodekaeder (der mit vier seiner traurigsten Gesichter zur selben Zeit schluchzte, besorgt die Stirn in Falten legte, seufzte und sich grämte) von ihnen, nicht ohne ihnen ein paar letzte aufmunternde Worte mit auf den Weg zu geben. Noch lange standen sie so da und schauten den drei immer kleiner werdenden Gestalten nach, bis diese endgültig im Dunkel der Furcht einflößenden Gipfel der Unwissenheit verschwunden waren.

Kurz nachdem der holperige Weg begonnen hatte, sich ohne sichtbares Ziel und ähnlich widerwillig wie der zitternde Kackerlack Zentimeter für Zentimeter in die Höhe zu winden, begann auch das Licht zu schwinden. Tack ging wie üblich voraus. Witternd hielt er seine Nase in den Wind, ob ihnen nicht von irgendwoher Gefahr drohte. Den Beutel mit seinen kostbaren Habseligkeiten über die Schulter gehängt, setzte Milo still und entschlossen einen Schritt vor den anderen und bildete die Nachhut.

»Vielleicht sollte einer von uns hier zurückbleiben und aufpassen, dass uns niemand folgt«, bot der unglückliche Kackerlack seine Dienste an. Doch sein Vor-

schlag traf auf eisiges Schweigen, und so fügte er sich seinem Schicksal und ging bekümmert weiter.

Je höher sie kamen, desto finsterer wurde es. Aber es war nicht das übliche Dunkel der Nacht, welches sie umhüllte, sondern eine Art Mixtur aus lauernden Schatten und bösen Absichten, die ihnen aus den mit schleimigem Moos überzogenen Felsklippen entgegensickerte und jedes noch so schwache Licht auslöschte. Ein grausiger Wind heulte durch die felsigen Schluchten, und die Luft war zum Schneiden dick und schwer, als hätte man sie vor langer Zeit vergessen und schon viel zu häufig benutzt.

Der schwindelerregende Weg führte sie immer höher. Auf der einen Seite waren nichts als kahle Felswände und brutal hohe Bergspitzen, die senkrecht in die Höhe ragten, auf der anderen ein unermessliches, grenzen- und bodenloses Nichts.

»Man sieht ja die eigene Hand vor Augen nicht«, jammerte Milo und hielt sich an Tacks Schwanz fest, als dichte Nebelschwaden auch noch den letzten Rest des schwachen Mondlichts verschluckten. »Vielleicht sollten wir das Morgengrauen abwarten.«

»Auf das Grauen müsst ihr nicht bis morgen warten«, antwortete eine Stimme direkt über ihren Köpfen, gefolgt von einem widerwärtig keckernden Gelächter, das so klang, als drohte gerade jemand, an einer Gräte zu ersticken.

Auf einem der rutschigen Felsvorsprünge über ihnen und von dessen verdämmerndem Grau kaum zu unterscheiden hockte ein großer, zerzauster Vogel. Er hatte die Krallen ausgefahren und erinnerte mehr an einen schmutzigen Wischmopp als an irgendetwas sonst. Sein gefährlich scharfer Schnabel lief nach vorne hin spitz zu, und das höhnisch funkelnde Auge, das zu öffnen er sich entschlossen hatte, blickte schräg von oben auf sie herab.

»Ich glaube, du hast mich falsch verstanden«, sagte Milo eingeschüchtert, während der AufWachhund ein warnendes Knurren ausstieß. »Wir suchen nur einen guten Platz für die Nacht.«

»Platz!? Das würde ich an deiner Stelle nicht so laut sagen! Sonst nimmt dich noch jemand beim Wort – WUMM! Und dann ›Gute Nacht‹.«

»Du drehst mir ja ständig die Worte im Mund um«, wehrte sich Milo.

»Mund um, rund um; stund um«, erwiderte der Vogel von oben herab. »Dreh mit deinem Hund um. Punkt um!«

»Nein, nein«, versuchte es Milo von Neuem, »so war das nicht gemein…«

»Nicht gemein? Und ob du gemein bist!«, unterbrach ihn der Vogel, schloss das Auge, durch das er sie bislang angestarrt hatte, und öffnete das andere. »Jeder, der unangemeldet hier reinplatzt, und das noch gemeinsam mit zwei anderen, ist gemein.«

»Nun, was ich sagen wollte, war …«

»Ach so«, warf der Vogel ein, nun schon etwas freundlicher. »Wahr! Das hab ich wahrlich nicht erwartet. Warte ma'. War Thema nicht eben noch das Morgengrauen, das Platzen oder was? Egal – wahrscheinlich landet ihr sowieso in irgendeinem Verlies.«

»So wird das nie ein rechtes Gespräch«, stöhnte Milo ratlos. Und weil der Vogel alles, was er ihm entgegenhielt, in den falschen Hals bekam, verließ ihn langsam der Mut, überhaupt noch etwas zu sagen.

»Na und«, erwiderte der Vogel und stieß mit seinem Schnabel ein paarmal gefährlich in die Luft, »dann führen wir eben ein linkes Gespräch. Hauptsache, es geht mit rechten Dingen zu. Obwohl, wenn ich es mir recht überlege: Wenn linke Typen ein Gespräch führen, landet es leicht rechts außen. Außer man verlinkt sie mit den rechten Leuten. So oder so: Dass ihr hier rumkriecht, ist jedenfalls keinesfalls rechtens!«

»Verstehe ich recht«, bemühte sich Milo ein letztes Mal, »mit anderen Worten …«

»Soll das heißen, du hast noch andere Worte?«, krächzte der Vogel erfreut. »Na dann mal raus damit! Denn die, die du bislang benutzt hast, waren ein ziemlicher Reinfall.«

»Musst du einem eigentlich immer das Wort abschneiden?«, fragte Tack, dem das Ganze mehr und mehr auf den Zeiger ging.

»Aber ja doch«, keckerte der Vogel. »Oder soll ich euch lieber den Hals abschneiden? Ist schließlich mein Job, euch jedes Wort im Munde zu verdrehen, sogar solche, die ihr nie in den Mund nehmen würdet. Sind wir uns nicht schon mal begegnet? Ich bin der Wahnwitzige Wortverdreher, und ich bin sicher, dass ich deinen Freund, die Schabe da, schon mal irgendwo getroffen habe.« Und dann beugte er sich so weit vor, dass er ihr direkt ins Gesicht sehen konnte, und bedachte sie mit einem schaurig-wissenden Lächeln.

Der Kackerlack, der zu groß war, um sich zu verstecken, und zu erschrocken, um sich von der Stelle zu rühren, wies die Aussage des Vogels weit von sich.

»Sind alle, die in *Unwissenheit* leben, so wie du?«, fragte Milo.

»Nein«, sagte der Vogel sehnsuchtsvoll. »Die sind noch viel schlimmer. Ich selbst bin aber gar nicht von hier. Ich stamme aus einer fernen, sehr viel flacheren Gegend, dem Zusammen-Hang.«

»Meinst du nicht, es wäre an der Zeit, wieder dorthin zurückzukehren?«, schlug der Kackerlack vor und hielt schützend einen Arm vor sein Gesicht.

»Das ist ja wohl der Gipfel! Nein!« Der Vogel erschauderte. »Dort ist es so widerwärtig, dass ich meine Zeit so oft wie möglich woanders verbringe. Und was könnte schöner sein als die Gipfel der Unwissenheit?«

So ziemlich alles, dachte Milo und schlug seinen Kragen hoch. Dann fragte er den Vogel: »Bist du ein Dämon?«

»Leider nein«, erwiderte dieser traurig, und ein paar falsche Tränen liefen ihm den Schnabel herab. »Ich hab's versucht, aber über einen Plagegeist bin ich nie hinausgekommen.« Und dann, bevor Milo noch etwas darauf erwidern konnte, breitete er seine schmuddeligen Flügel aus und erhob sich schwerfällig in die Luft, wobei er ganze Kaskaden aus Fusseln, Staub und Dreck aufwirbelte und hinter sich ließ.

»Warte!«, schrie Milo, der ihm gerne noch eine ganze

Reihe weiterer Fragen gestellt hätte. »Wie kommen wir zum Luftschloss? Ist der Weg dorthin sehr schwer?«

»Vierunddreißig Pfund«, kreischte der Vogel, bevor der Nebel ihn verschluckte.

»Eine große Hilfe war der nicht«, sagte Milo, nachdem sie sich wieder auf den Weg gemacht hatten.

»Was hast du erwartet?«, knurrte Tack. »Redet halt, wie ihm der Schnabel gewachsen ist.«

»Deswegen hab ich ihn ja auch in die Flucht geschlagen«, rief der Kackerlack und fuchtelte wild mit seinem Spazierstock in der Luft herum. »Und jetzt, auf zu den Dämonen!«

»Das könnte schneller passieren, als du denkst«, bemerkte Tack trocken und warf dem Kackerlack einen missbilligenden Blick zu, worauf dieser sofort wieder zu zittern begann. Und damit bogen sie um die nächste Wegkehre und setzten ihren Aufstieg fort.

Wenige Minuten später erreichten sie den nächsten Bergrücken, bloß um festzustellen, dass sich vor ihnen der nächste, weitaus höhere erhob, und dahinter noch etliche mehr, deren Gipfel sich im wabernden Dunkel verloren. Der Pfad wurde breiter, verlief ein Stück weit eben und führte sie direkt zu einem äußerst vornehm aussehenden Mann, der lässig am Stamm eines abgestorbenen Baumes lehnte und den Eindruck machte, als hätte er dort auf sie gewartet.

Er war auffallend elegant gekleidet, trug einen hervorragend geschnittenen dunklen Anzug, ein perfekt gebügeltes weißes Hemd und eine dazu passende Krawatte. Seine Schuhe waren blitzblank poliert, seine Fingernägel makellos sauber, sein Hut ohne den kleinsten Fussel, und die Brusttasche seines Jacketts zierte ein weißes Einstecktuch. Bloß sein Gesichtsausdruck war seltsam blass.

Um ehrlich zu sein – er war gar nicht vorhanden, denn der Mann hatte weder Augen, Ohren, eine Nase oder einen Mund.

»Hallo Kleiner«, begrüßte er sie und schüttelte Milo freundlich die Hand. »Wie geht's deinem treuen Hund?«, fragte er und klopfte Tack drei-, viermal freundschaftlich auf den Rücken. »Und was für eine stattliche Erscheinung haben wir denn da?«, fuhr er fort und zog seinen Hut vor dem hocherfreuten Kackerlack. »Ihr ahnt ja nicht, wie glücklich ich bin, euch zu sehen.«

Was für eine angenehme Überraschung, jemanden so Nettes zu treffen, dachten die drei erleichtert, *vor allem hier.*

»Ich frag mich, ob ihr mir wohl ein kleines bisschen eurer Zeit opfern könntet«, erkundigte er sich höflich,

»und mir beim Erledigen einiger kleiner Aufgaben etwas unter die Arme greift?«

»Klar doch«, sagte der Kackerlack gut gelaunt.

»Liebend gerne«, pflichtete Tack ihm bei.

»Selbstredend«, sagte Milo, der sich für einen Moment die Frage stellte, wie es sein konnte, dass eine so angenehme Erscheinung ein ausdrucksloses Gesicht hatte.

»Großartig«, sagte der Mann erfreut. »Es handelt sich bloß um drei Dinge. Erstens würde ich gerne diesen Haufen da von hier nach dort bewegen«, erklärte er und deutete auf einen riesigen Sandhügel. »Blöderweise habe ich dafür aber nur diese Pinzette hier.« Und damit drückte er sie Milo auch schon in die Hand, der sofort damit begann, ein Sandkorn nach dem anderen hinüberzubefördern.

»Zweitens würde ich gerne diesen Brunnen leeren und das Wasser in jenen dort füllen. Aber da ich leider keinen Eimer habe, musst du wohl mit dieser Pipette hier vorliebnehmen.« Und damit reichte er sie an Tack weiter, der sich sofort daranmachte, Tropfen für Tropfen von einem Brunnen in den anderen umzufüllen.

»Und zu guter Letzt muss noch ein Loch durch diese Felswand geschlagen werden. Hier ist eine Nadel, um es zu bewerkstelligen.« Beflissen ergriff sie der Kackerlack und fing sogleich an, an der massiven Granitwand herumzukratzen.

Kaum hatten alle drei mit ihrer Arbeit begonnen, ging der überaus entgegenkommende Mann zurück zu seinem Baum, lehnte sich wieder dagegen und fuhr fort, ausdruckslos auf den Weg zu stieren. Unterdessen rackerten Milo, Tack und der Kackerlack Stunde um Stunde …

17. VERABSCHIEBUNGSKOMITEE

Der Kackerlack pfiff beim Arbeiten munter vor sich hin, denn nie fühlte er sich wohler, als wenn er einer Tätigkeit nachgehen konnte, die ihm auch nicht den geringsten Gedanken abverlangte. Nach gefühlt mehreren Tagen hatte er ein Loch in den Felsen geritzt, das kaum groß genug für seinen Daumen war. Tack schlurfte mit der Pipette zwischen den Zähnen emsig hin und her, aber der volle Brunnen war immer noch fast genauso voll wie am Anfang. Und Milos neuen Sandhaufen konnte man beim besten Willen noch nicht Haufen nennen.

»Ist ja merkwürdig«, sagte Milo, ohne seine Arbeit zu unterbrechen. »Nun arbeite ich schon so lange ohne eine einzige Pause, und trotzdem fühl ich mich kein bisschen müde oder hungrig. Ich könnte ewig so weitermachen.«

»Vielleicht wirst du das ja auch«, pflichtete der Mann ihm bei und gähnte (zumindest hörte es sich wie ein Gähnen an).

»Himmel«, flüsterte Milo dem Hund zu, als dieser wieder mal an ihm vorbeischlurfte, »wie lange soll das hier denn noch so weitergehen?«

»Benutz doch einfach mal deinen Zauberstab, um es

herauszufinden«, erwiderte Tack, so deutlich, wie das mit einer Pipette zwischen den Zähnen möglich war.

Milo nahm den schimmernden Bleistift aus seiner Tasche, und schon hatte er das Ergebnis: Vorausgesetzt, sie behielten ihr augenblickliches Tempo bei, würde es jeden von ihnen achthundertsiebenunddreißig Jahre kosten, bis sie fertig wären.

»Entschuldigen Sie«, sagte er, zupfte den Mann am Ärmel und hielt ihm den Zettel mit seiner Berechnung unter die (nicht vorhandene) Nase. »Aber es wird achthundertsiebenunddreißig Jahre dauern, um diese Aufgaben zu erledigen!«

»Ist das so?«, antwortete der Mann, ohne sich nach ihm umzudrehen. »Na, dann würde ich mich aber so schnell wie möglich wieder an die Arbeit machen.«

»Aber das Ganze ist doch völlig sinnlos«, sagte Milo leise.

»SINNLOS?«, brauste der Mann auf.

»Was ich damit sagen wollte, ist bloß, dass es nicht wirklich wichtig ist«, erwiderte Milo und gab sich alle Mühe, nicht unhöflich zu sein.

»Selbstverständlich ist es nicht wichtig«, fauchte er wütend. »Wenn es wichtig wäre, hätte ich doch nicht ausgerechnet euch darum gebeten, diese Aufgaben zu erledigen.« Und als er sich den dreien jetzt zuwandte, erschien er ihnen gar nicht mehr so angenehm.

»Wozu dann der ganze Aufwand?«, meinte Tack, dessen Alarmglocke ganz plötzlich anfing zu läuten.

»Weil, meine jungen Freunde«, brummelte der Mann schlecht gelaunt, »was gibt es Wichtigeres, als sich unwichtigen Dingen zu widmen? Hört bloß nicht auf damit, sonst werdet ihr nie damit fertig.« Die letzte Bemerkung war von einem hässlichen Lachen begleitet.

»Dann bist du ja …«, entfuhr es Milo.

»Ganz genau«, kreischte er triumphierend. »Ich bin der Maßlose Muss-Ja, Schutzdämon der überflüssigen Aufgaben und sinnlosen Jobs, der vergeblichen Liebesmüh und Gott aller Gewohnheitstiere.«

Dem Kackerlack fiel vor Schreck seine Nadel aus der Hand. Er starrte den Mann ungläubig an, während Milo und Tack langsam vor ihm zurückwichen.

»Kommt bloß nicht auf die Idee abzuhauen«, befahl er mit einer drohenden Armbewegung. »Schließlich wartet noch reichlich Arbeit auf euch, und ihr habt noch mehr als achthundert Jahre damit zu tun, nur um den ersten Job zu erledigen.«

»Aber warum soll man sich bloß mit unwichtigem Zeugs beschäftigen?«, fragte Milo, dem plötzlich einfiel, wie viel Zeit er jeden Tag damit zubrachte, genau das zu tun.

»Stell dir nur mal vor, wie viel Ärger dir das erspart«, erklärte der Mann, und sein ausdrucksloses Gesicht machte den Eindruck, es würde sich – hätte es nicht vorgezogen, sich den Blicken zu entziehen – zu einem bösartigen Grinsen verziehen. »Wenn du deine Zeit ausschließlich mit leichten und nutzlosen Dingen verbringst, musst du dir nie Gedanken über die wirklich wichtigen Aufgaben machen, zumal die nie ganz leicht sind. Dafür fehlt dir dann einfach die Zeit, und ständig wartet etwas auf dich, das dich von dem abhält, was du eigentlich tun solltest. Außerdem hast du es bloß diesem blöden Zauberstab zu verdanken, dass du überhaupt mitgekriegt hast, wie viel Zeit du gerade verschwendest.«

Während er sprach, bewegte er sich langsam, mit ausgebreiteten Armen und auf Zehenspitzen auf sie zu. Dabei fuhr er fort, mit leiser, verlogener Stimme auf sie einzureden. »Nun habt euch doch nicht so und leistet mir Gesellschaft. Wir werden viel Spaß miteinander haben. Es gibt hier überall Dinge, die gefüllt und geleert sein wollen, bestellt und zurückgeschickt, aufgehoben und wieder hingestellt. Ganz zu schweigen von all den Bleistiften, die darauf warten, gespitzt zu werden, den Löchern, die gegraben, den Nägeln, die wieder gerade geklopft, den Briefmarken, die angeleckt werden wollen, und so weiter und so fort. Mann, wenn ihr hierbleibt, müsst ihr nie wieder einen Gedanken verschwenden – und mit ein wenig Übung seid auch ihr schon bald Gewohnheitstiere.«

Wie gebannt lauschten die drei der einschläfernden Stimme des Maßlosen Muss-Jas, doch just in dem Moment, in dem er drauf und dran war, sie mit seinen perfekt manikürten Fingern zu ergreifen, schrie eine Stimme: »AUF, AUF! LAUFT WEG!«

Milo, der glaubte, das wäre Tack gewesen, machte auf dem Absatz kehrt und stürmte den Weg hoch.

»AUF, AUF! LAUFT WEG!«, ertönte es erneut, und diesmal war es Tack, der davon ausging, Milos Stimme zu hören, und hinter ihm herrannte.

»AUF, AUF! LAUFT WEG!«, forderte die Stimme ein drittes Mal, und nun heftete sich auch der Kakerlack an die Fersen seiner beiden Freunde – händeringend, den Maßlosen Muss-Ja direkt im Genick.

»Hier entlang! Hier entlang!«, erklang die Stimme von Neuem. Sofort wandten sie sich in die Richtung, aus der sie kam, und kraxelten die rutschigen Felsen hoch, schlitterten jedoch bei jedem Schritt fast so weit zurück, wie sie sich zuvor hochgearbeitet hatten. Nur mit äußerster Mühe und mithilfe von Tacks Pfoten, die er ihnen immer wieder helfend entgegenstreckte, gelang es ihnen, den Gipfel zu erklimmen – gerade mal zwei Schritte vor dem Maßlosen Muss-Ja.

»Hierher! Hierher!«, wies die Stimme sie an, und ohne eine Sekunde zu zögern, sprangen sie in einen Tümpel, der zwischen ihnen und der geheimnisvollen Stimme lag. Doch statt Wasser erwartete sie dort eine klebrigschlammige Pampe. Zunächst war sie nur knöcheltief, doch schon bald ging sie ihnen bis zu den Knien, und schließlich kämpften sie sich durch etwas hindurch, was sich anfühlte wie ein bis zur Hüfte reichender Teich aus Erdnussbutter.

Der Muss-Ja, der einen Haufen Kiesel entdeckt hatte, die dringend gezählt werden mussten, hatte seine Verfolgung aufgegeben, stand jedoch am Uferrand, erhob die Fäuste gegen sie, stieß schreckliche Drohungen aus und schwor, ihnen jeden einzelnen Dämon auf den Hals zu hetzen, der in den Bergen hauste.

»Was für ein ekelhafter Kerl«, schnaufte Milo, der große Mühe hatte, einen Schritt vor den anderen zu setzen. »Hoffentlich begegnen wir ihm nie wieder.«

Der Kackerlack schaute sich zu ihm um. »Sieht ganz so aus, als hätte er aufgegeben, hinter uns herzujagen«, meinte er.

»Ich mach mir weniger Sorgen über das, was hinter uns liegt«, bemerkte Tack, als sie sich dem anderen Ufer des Tümpels näherten, »als über das, was uns noch erwartet.«

»Immer geradeaus! Immer geradeaus!«, meldete sich die Stimme von Neuem, nachdem die drei den Pfad wiedergefunden hatten.

»Auf! Auf!«, klang es nun schon fast wie ein Befehl,

und sie machten sich erneut auf den Weg. Doch bevor sie noch begreifen konnten, wie ihnen geschah, stürzten sie hinab in eine tiefe, stockfinstere Grube.

»Von wegen ›Auf! Auf!‹«, beschwerte sich Milo empört, nachdem er sich halbwegs von dem Fall erholt hatte.

»Ihr habt doch hoffentlich nicht geglaubt, auf mich zu hören, brächte euch irgendwie weiter«, sagte die Stimme erheitert.

»Hier schaffen wir es nie wieder raus«, jammerte der Kackerlack und starrte auf die steilen, glatten Wände, die sie umgaben.

»Viel besser kann man die Situation nicht einschätzen«, sagte die Stimme, deren Fröhlichkeit mit einem Mal einer beißenden Kälte Platz gemacht hatte.

»Warum hast du uns dann überhaupt geholfen?«, schrie Milo wütend.

»Oh, das hätte ich auch für jeden anderen getan«, ertönte die Antwort. »Schlechte Ratschläge sind meine Spezialität. Schließlich bin ich – wie jedermann sehen kann – das langnasige, grünäugige, strubbelhaarige, breitmäulige, dickhalsige, breitschultrige, rundförmige, kurzarmige, o-beinige Monster mit riesengroßen Füßen, und – obwohl man sich selbst nicht loben soll – ich bin einer der trickreichsten Unholde in dieser wirklich wahnwitzig wilden Wildnis. Und solange ich hier oben hocke, solltet ihr nicht einmal wagen, an eure Flucht zu *denken.*« Und damit schlurfte er an den Rand der Grube und lugte höhnisch auf seine hilflosen Gefangenen hinunter.

Tack und der Kackerlack wandten ihm vor Angst den Rücken zu, aber Milo, der mittlerweile gelernt hatte, dass die Leute nicht immer dem entsprechen, was sie von sich selbst behaupten, nahm sein Fernglas zur Hand, um sich einen eigenen Eindruck zu machen. Und wirklich – anders als erwartet stand dort oben am Grubenrand bloß eine kleine pelzige Gestalt, die ihn aus sehr besorgten Augen ansah und ihren Mund zu einem schiefen Grinsen verzogen hatte.

»Also langnasig, grünäugig, strubbelhaarig, breitmäulig, dickhalsig, breitschultrig, rundförmig, kurzarmig und o-beinig bist du ja nicht gerade. Du hast bloß große Füße und siehst kein bisschen zum Fürchten aus«, sagte Milo entrüstet. »Was für eine Art Dämon bist du denn?«

Der kleine Kerl schien bestürzt darüber zu sein, dass Milo ihm auf die Schliche gekommen war, entzog sich seinem Blick durch einen Sprung nach hinten und begann leise zu wimmern.

»Ich bin der Dämon der Unaufrichtigkeit«, schluchzte er. »Ich meine nie, was ich sage. Ich stehe nie hinter dem, was ich tue, und ich zeige nie, wer ich wirklich bin. Fast alle, die glauben, was ich ihnen sage, schlagen den falschen Weg ein und geben sich damit zufrieden. Aber du mit deinem schrecklichen Fernglas musstest ja unbedingt alles kaputt machen. Ich geh jetzt nach Hause.« Und damit begann er hysterisch zu weinen und zog beleidigt ab.

»Scheint sich wirklich zu lohnen, etwas genauer hinzusehen«, meinte Milo und bugsierte das Fernglas vorsichtig zurück an seinen Platz.

»Jetzt müssen wir hier bloß noch irgendwie rauskommen«, bemerkte Tack nüchtern, richtete sich an der Wand auf und streckte seine Pfoten, so hoch er konnte. »Komm, spring auf meinen Rücken.«

Milo stieg auf Tacks Schultern. Dann krabbelte der Kackerlack an beiden hoch, und indem er sich auf Milos Kopf stellte, gelang es ihm, den Griff seines Spazierstocks hinter die Wurzel eines alten, knorrigen Baumes zu klemmen. Unter lautem Klagen hielt er sich so lange an ihm fest, bis die anderen beiden an ihm hochgeklettert waren und ihren leicht benommenen und mutlosen Kumpan nach oben hievten.

»Jetzt geh *ich* mal ein Weilchen voraus«, sagte er und klopfte sich den Staub aus den Kleidern. »Bleibt schön hinter mir, dann wird euch schon nichts zustoßen.«

Er führte sie vorbei an dem ersten von fünf schmalen Felsvorsprüngen, die allesamt zu einem von Furchen durchzogenen Hochplateau hinaufführten. Dort hielten die drei kurz an, um sich auszuruhen und zu überlegen, wie es weitergehen sollte. Doch bevor sie noch mit dem einen oder dem anderen hatten beginnen können, gab es einen mächtigen Ruck. Der gesamte Berg fing an zu beben. Dann erhob er sich heftig schlingernd in die Luft, wobei er sie einfach mitnahm. Und alles bloß, weil sie, ohne es zu merken, auf die schwielige Pranke eines Riesen getreten waren, der sich als der Große Duckmäuser herausstellte.

»WAS HABEN WIR DENN DA?«, brüllte dieser, stierte neugierig auf die winzigen Gestalten herab, die da auf seiner Handfläche kauerten, und leckte sich die Lippen.

Selbst geduckt war er von einer unglaublichen Größe, hatte lange, zerzauste Haare, hervorquellende Augen, und seine Konturen waren im wahrsten Sinne des Wortes unbeschreiblich. Am ehesten erinnerten sie sich noch an eine riesige Schüssel Wackelpudding, bloß ohne die Schüssel.

»WIE KÖNNT IHR ES WAGEN, MICH AUS MEINEM SCHLAF ZU HOLEN!«, wütete er, und sein heißer Atem brauste so heftig über sie hinweg, dass sie sich nicht aufrecht halten konnten und übereinanderpurzelten.

»Tut uns fürchterlich leid«, sagte Milo kleinlaut, nachdem er sich mühsam aus dem Geflecht von Armen und Beinen befreit hatte, »aber wir hielten dich für einen Teil des Gebirges.«

»Kein Wunder«, erwiderte der Riese in nun schon normalerer Lautstärke (aber selbst so hörte es sich immer noch an wie eine Kette von Explosionen). »Ich habe keine eigene Form oder Haltung, sondern versuche immer, mich meiner Umgebung anzupassen. Hier im Gebirge bin ich ein riesiger Gipfel, am Strand eine breite Sandbank, im Wald eine mächtige Eiche und in der Stadt auch schon mal ein apartes, zwölf Stockwerke hohes Apartmenthaus. Ich hasse es, groß aufzufallen. Das ist mir viel zu gefährlich, wenn du verstehst, was ich meine?« Dann schaute er die drei mit hungrigen Augen an und fragte sich, wie sie wohl schmecken würden.

»So riesig, wie du bist, brauchst du doch vor nichts und niemand Angst zu haben«, sagte Milo schnell, als er sah, wie der Große Duckmäuser sein riesiges Maul aufriss.

»Ganz im Gegenteil«, erwiderte er, und ein leichtes Zittern durchlief seinen glibberigen Körper. »Ich habe

Angst vor allem und jedem. Was meinst denn du, warum ich den wilden Mann spiele? Das darf bloß keiner wissen, sonst fiele ich tot um vor Entsetzen. Und jetzt halt endlich den Mund, damit ich in Ruhe frühstücken kann.« Gleichzeitig führte er seine Hand an sein weit aufgesperrtes Maul. Der Kackerlack kniff seine Augen zu und schlug die Hände über dem Kopf zusammen.

»Heißt das, du bist ein fürchterlicher Dämon, der sich fürchtet?«, fragte Milo schnell, weil er hoffte, der Riese wäre gut genug erzogen, um nicht mit vollem Mund zu reden.

»Nun, schätzungsweise ja«, erwiderte er unwillig und senkte dabei den Arm, sehr zu des Kackerlacks Erleichterung. »Da könnte was dran sein. Das heißt, vergleichsweise eigentlich doch eher nicht. Was ich damit sagen will, ist, unter Umständen vielleicht – mit anderen Worten, im Wesentlichen womöglich. Kommt ganz darauf an, wie die anderen darüber denken.« Er hielt kurz inne. »Da habt ihr's«, brummte er dann verdrießlich. »Ich habe nicht mal genug Mumm, eine klare Aussage zu treffen. Also hör bitte endlich mit dieser blöden Fragerei auf, sonst vergeht mir noch der Appetit.« Er hob erneut seinen Arm und machte Anstalten, die drei in einem Rutsch zu verschlingen.

»Warum hilfst du uns nicht einfach, Sinn und Verstand zu retten? Dann wird vielleicht alles besser«, rief Milo in letzter Sekunde. Einen Augenblick später, und es wäre um sie geschehen gewesen.

»O nein«, sagte der Große Duckmäuser nachdenklich, während er seinen Arm wieder sinken ließ, »das lass ich lieber bleiben. Ich meine, besser, es bleibt alles so, wie es ist. Das heißt, das Bessere ist der Feind des Guten. Mit anderen Worten, gut, dass es immer noch besser geht – anders ausgedrückt: Besser, wir lassen es jetzt gut sein.« Während er das sagte, wurde sein Gesicht zunehmend grau. »Vielleicht fresse ich bloß einen von euch«, stöhnte er unglücklich, »und heb mir den Rest für später auf. Mir ist schon ganz schlecht.«

»Da hab ich aber eine bessere Idee«, sagte Milo.

»Tatsächlich?«, unterbrach ihn der Riese, dem plötzlich jeglicher Appetit vergangen war. »Wenn es etwas gibt, das ich absolut nicht mag, dann sind das Ideen. An denen hat man ewig lang zu kauen, und hinterher sind sie auch noch schwer zu verdauen.«

»Hier habe ich eine Büchse, in der sind alle Ideen der Welt versammelt«, fuhr Milo unbeirrt fort und reckte ihm das Geschenk entgegen, das er von König Abis Zett erhalten hatte.

Schon der Gedanke daran machte dem Großen Duckmäuser so viel Angst, dass er zu zittern begann wie eine gigantische Götterspeise.

»LASS MICH WIEDER RUNTER UND HAU EINFACH AB«, bettelte er, wobei er einen Moment lang ganz vergaß, wer hier eigentlich wen in der Hand hatte. »UND BITTE, BITTE – MACH BLOSS DIESE BÜCHSE NICHT AUF!«

Einen Augenblick später setzte er die drei auf der nächstbesten Bergspitze ab und zog in wilder Panik ab, um die anderen Dämonen vor dieser schrecklichen, neuen Bedrohung zu warnen.

Aber bekanntermaßen verbreiten sich Gerüchte in Windeseile. Und deswegen waren die alarmierenden Berichte des Wortverdrehers, des Muss-Jas und des langnasigen, grünäugigen, strubbelhaarigen, breitmäuligen, dickhalsigen, breitschultrigen, rundförmigen, kurzarmigen, o-beinigen Monsters mit den riesengroßen Füßen bereits bis in die letzten Winkel der von Bosheit und Stumpfsinn geprägten Berge vorgedrungen.

Und alle, alle kamen – aus jeder Höhle und jeder Nische, durch jeden Riss und jede Ritze. Sie krochen unter den Felsen hervor, tauchten aus dem Schlamm auf, stampfend, schlurfend, glitschend und schlitternd, aus unergründlich finsteren Tiefen. Und alle hatten bloß einen dringlichen Gedanken: die Eindringlinge zu vernichten und die Gipfel der Unwissenheit vor ihnen zu schützen.

Von ihrer Bergspitze aus konnten Milo, Tack und der Kackerlack beobachten, wie sie sich stetig auf sie zubewegten. Noch waren sie weit entfernt, aber sie rückten sehr schnell näher. Wohin die drei auch schauten – die Klippen und Felswände schienen lebendig geworden zu sein, so groß war die übelwollende Ansammlung krabbelnder, kraxelnder, kriechender, drohend-dräuender, taumelnd-torkelnder Gestalten. Einige waren klar zu erkennen, andere bloß schemenhaft. Und die große Menge derer, die gerade erst dabei waren, aus ihren stinkenden Schlupflöchern und übel riechenden Unterschlüpfen zu kriechen, würde folgen, schneller als es den dreien recht war.

»Wir sollten die Beine in die Hand nehmen«, bellte Tack, »sonst erwischen sie uns.« Und damit setzte er sich wieder in Bewegung.

Milo holte zweimal tief Luft, dann schloss er sich ihm an. Und als auch dem Kackerlack endlich klar wurde, was sich da hinter ihnen zusammenbraute, eilte er mit frisch erwachtem Eifer voran.

18. Das Luftschloss

Die Suche nach dem Luftschloss und den beiden dorthin verbannten Prinzessinnen führte sie höher und höher – von einem Bergrücken zum nächsten, von Gipfel zu Gipfel, über furchterregende Steinlawinen und entlang entsetzlich schmaler Felsvorsprünge, wo ein einziger Fehltritt ihr Ende bedeutet hätte. Eine unheimliche Stille umgab sie, als befänden sie sich hinter einem schweren Bühnenvorhang. Er löschte jedes Geräusch aus, bis auf das Schlurfen und Scharren ihrer eigenen voranhetzenden Schritte. Die Welt, in der Milo sich auskannte, war Millionen Gedanken entfernt. Stattdessen waren ihm jetzt Dämonen – *Dämonen!* – auf den Fersen.

»Sie kommen näher!«, rief der Kackerlack, der wünschte, er hätte sich nicht umgeschaut.

»Da!«, schrie Milo im selben Moment, »da ist es ja!« Und wirklich, direkt vor ihnen, vom Gipfel der höchsten Bergspitze aus, ragte eine Wendeltreppe in die Höhe, hauchzart, wie von einer Spinne in die Luft gezaubert, und an ihrem oberen Ende lag das Ziel ihrer Reise: das Luftschloss!

»Ich seh's, ich seh's«, rief der Kackerlack ein ums andere Mal, während sie sich den gewundenen Pfad nach oben kämpften. Was er jedoch nicht sah, war ein kleiner, runder Mann im Gehrock, der sich unterhalb der ersten Stufe auf einem ebenso dicken wie zerlesenen Notizbuch zusammengerollt und zum Schlafen gelegt hatte.

Hinter seinem Ohr balancierte ein langer Federkiel; Hände, Gesicht und Kleidungsstücke waren übersät von Tintenklecksen, und die Brille, die auf seiner Nase thronte, hatte die dicksten Gläser, die Milo je gesehen hatte.

»Vorsicht«, flüsterte Tack dem Kackerlack zu, als dieser behutsam an dem Buch vorbeischlich und Anstalten machte, die Treppe zu besteigen.

Gerade wollte er die erste Stufe betreten, da fuhr der Mann jäh auf.

»NAME?«, rief er wie aus der Pistole geschossen, setzte sich in Position, zog das Buch unter sich hervor, schob sich einen grünen, transparenten Mützenschirm über die Augen und guckte die drei erwartungsvoll an. Den zum Schreiben bereiten Federkiel hielt er in seiner rechten Hand.

»Nun, ich …«, stammelte der Kackerlack

»NAME?«, rief der Mann ein weiteres Mal, schlug gleichzeitig die Seite 512 seines

Buches auf und fing wie wild zu schreiben an. Der Federkiel gab grässlich kratzende Geräusche von sich, und die Spitze, die sich ständig im Papier verhakte, pfefferte einen Tintenklecks nach dem anderen auf ihn ab. Nachdem die drei ihm ihre Namen genannt hatten, notierte der kleine Mann sie in alphabetischer Reihenfolge.

Bei »Milo« nuschelte er »Ausgezeichnet, ausgezeichnet, AUSgezeichnet« in seinen nicht vorhandenen Bart. »*M* hatte ich schon seit einer Ewigkeit nicht mehr.«

»Wozu brauchen Sie denn unsere Namen?«, fragte Milo und schaute sich besorgt um. »Wir haben es nämlich ziemlich eilig.«

»Oh. Das hier wird nicht lange dauern«, versicherte ihm der Mann. »Ich bin der staatlich geprüfte Irr- und Verwirrsinn und brauche bloß ein paar Informationen von euch: Wann, wo und warum ihr geboren seid, wie alt ihr seid, wie alt ihr mal wart und wie alt ihr bald sein werdet, dazu den Namen eurer Mutter, eures Vaters, eurer Tanten, Onkel, Cousinen und Vettern, wo ihr wohnt, und wenn ja, warum und wie lange schon; in welche Schulen ihr gegangen und – ganz wichtig – in welche Schulen ihr *nicht* gegangen seid, welche Hobbys ihr habt, welche Telefonnummer, welche Schuhgröße, Hemdgröße, Kragenweite, Hut- und Mützengröße. Dazu die Namen und Koordinaten von sechs Personen, die diese Informationen bezeugen können, und schon kann's losgehen. Aber schön einer nach dem anderen! Und hinten anstellen, bitte! Kein Rumgeschubse und Gedrängel! Und dass mir keiner von euch in dieses Buch linst.«

Der Kackerlack, dem es schwerfiel, sich überhaupt etwas zu merken, meldete sich als Erster. Der kleine Mann nahm sich alle Zeit der Welt und hielt jede seiner Antworten in fünf unterschiedlichen Rubriken fest, wobei er immer wieder kleine Pausen einlegte, um seine Brillengläser zu putzen, sich ausgiebig zu räuspern, seine Krawatte zu richten oder kräftig in sein Taschentuch zu schnäuzen. Gleichzeitig schaffte er es, den verzweifelten Kackerlack von Kopf bis Fuß mit Tinte vollzuspritzen.

»DER NÄCHSTE!«, rief er dann amtlich.

»Wenn er bloß ein wenig schneller machen würde«, sagte Milo nervös, während er nach vorne trat, denn es war ihm nicht entgangen, dass die ersten Dämonen bereits dabei waren, den Berg hochzustürmen, direkt auf sie zu und höchstens noch ein paar Minuten von ihnen entfernt.

Davon völlig unbeeindruckt, schrieb der kleine Mann auch weiterhin mit quälender Langsamkeit. Endlich war er sowohl mit Milo als auch mit Tack fertig und schaute selbstzufrieden auf.

»Können wir jetzt gehen?«, fragte der Hund, dessen hochempfindliche Nase schon seit einiger Zeit einen abscheulichen und ekelerregenden Gestank wahrnahm, der jede Sekunde stärker wurde.

»Aber klar doch«, sagte der Mann liebenswürdig, »sobald ihr mir eure Größe und euer Gewicht verraten habt, wie viele Bücher ihr im Laufe eines Jahres lest und wie viele nicht, wie viel Zeit ihr jeden Tag mit Essen, Spielen, Arbeiten und Schlafen verbringt und wo ihr Ferien macht. Wie viele Eistüten ihr pro Woche vernascht, wie weit euer Friseur von eurer Wohnung entfernt ist und was ihr für eine Lieblingsfarbe habt. Danach müsst ihr nur noch diese paar Formulare und Anträge ausfüllen – in dreifacher Ausfertigung bitte. Aber passt gut auf, denn wenn ihr einen Fehler macht, müsst ihr noch mal von vorne anfangen.«

»O Mann«, stöhnte Milo und betrachtete den Papierstapel, der sich vor ihm auftürmte. »So schaffen wir das nie.« Und während er das sagte, kam das Gewimmel und Getümmel der heimlich, unheimlich den Berg heraufstürmenden Dämonen ihnen schon wieder ein Stückchen näher.

»Nun mal los«, rief der staatlich geprüfte Irr- und Verwirrsinn und gluckste frohgemut in sich hinein. »Ich hab nicht den ganzen Tag Zeit. Ich erwarte jede Minute einen ganzen Haufen weiterer Besucher.«

Mit flatternden Händen machten sie sich daran, die kniffligen Formulare auszufüllen, und als sie es endlich geschafft hatten, packte Milo dem kleinen Mann den ganzen Stapel auf den Schoß. Der bedankte sich höflich, legte seinen Augenschirm beiseite, klemmte sich den Federkiel hinters Ohr, klappte das Buch zu und legte sich wieder zum Schlafen nieder.

Der Kackerlack warf einen letzten entsetzten Blick zurück, dann setzte er sich in Bewegung, um die Treppe hochzulaufen.

»WOHIN?«, rief der staatlich geprüfte Irr- und Verwirrsinn, setzte sich wieder hin, schob sich den Augenschirm über die Brauen, nahm den Federkiel zur Hand und öffnete sein Buch.

»Aber ich dachte ...«, protestierte der Kackerlack überrascht.

»WOHIN?«, wiederholte der Mann und machte sich ein paar Notizen.

»Zum Luftschloss«, sagte Milo ungeduldig.

»Warum in die Ferne schweifen?«, sagte der Mann und deutete nach oben, »seht, das Gute liegt so nah. Und wird dir«, nun wandte er sich wieder Milo zu, »ganz bestimmt viel besser gefallen.«

Alle schauten auf. Doch bloß Milo entdeckte vor sich, am Horizont, mit einem Mal einen verlockend farbenfrohen und Abenteuer verheißenden Zirkus. Ein großes Zelt, Schaubuden, Karussells und wilde Tiere – kurzum, alles, was das Herz eines Kindes höherschlagen lässt.

»Und du«, wandte der Irr- und Verwirrsinn sich an Tack, »wäre dir nicht auch ein angenehmerer Geruch lieber als dieser Gestank?«

Der Duft, der dem Hund im selben Moment in die Nase stieg, nur ihm allein, war ein Sammelsurium aus allem, was seine Nase jemals erfreut hatte. Er war so unvorstellbar verführerisch, dass es ihm einen Moment lang so vorkam, als würde diese ihn an der Nase herumführen.

»Und hier ist etwas«, wandte sich der kleine Mann an den Kackerlack, »von dem ich annehme, dass gerade du es mit Wohlgefallen hören wirst.«

Und schon lieh der Kackerlack »diesem Etwas« voller Hingabe sein Ohr: den Bravorufen und begeisterten Sympathiebezeugungen einer riesigen Menschenmenge nämlich, die ihm – und ganz allein ihm – zujubelte.

Alle drei standen da, starrten, witterten und lauschten den Reizen, die der staatlich geprüfte Irr- und Verwirrsinn für jeden Einzelnen von ihnen ausgesucht hatte. Dabei vergaßen sie völlig, wo sie eigentlich hinwollten und wer – mit welch bösen Absichten – hinter ihnen her war.

Der kleine Mann lehnte sich zurück, und auf seinem aufgedunsenen, kleinen Gesicht machte sich ein zufriedenes Lächeln breit, während die Dämonen näher und näher kamen, bis sie nur noch weniger als eine Minute von ihren hilflosen Opfern trennte.

Aber Milo war viel zu sehr vom Zirkus in den Bann gezogen, um es zu bemerken. Tack hatte die Augen geschlossen, um ungestörter riechen zu können. Und der Kackerlack stand mit glückseligem Gesichtsausdruck da, winkte und verbeugte sich und hatte bloß noch Interesse an den nicht enden wollenden Ovationen.

Der kleine Mann hatte gute Arbeit geleistet, und bis auf einige ominöse Kriech- und Krabbelgeräusche unterhalb des Gipfels war wieder Ruhe eingekehrt. Doch dann glitt dem wie in Trance in die Ferne starrenden Milo seine Tasche mit den Geschenken von der Schulter und fiel auf den Boden. Durch den Aufprall brach die Schachtel mit den Geräuschen auseinander, und von einer Sekunde zur anderen war die Luft erfüllt von fröhlichem Gelächter, das so ansteckend wirkte, dass erst Milo, dann Tack und schließlich auch der Kackerlack gar nicht anders konnten, als mitzulachen. Und damit war der Bann gebrochen.

»Den Zirkus gibt es gar nicht«, schrie Milo und merkte, dass er hereingelegt worden war.

»Und so wunderbar gerochen hat auch nichts«, bellte Tack, und seine Alarmglocke fing heftig zu rasseln an.

»Wo ist denn plötzlich der Applaus abgeblieben?«, jammerte der Kackerlack enttäuscht.

»Ich hatte euch gewarnt. Ich hatte euch gewarnt, dass

ich der staatlich geprüfte Irr- und Verwirrsinn bin«, grinste der kleine Mann höhnisch. »Ich helfe Leuten dabei, das zu finden, was sie gar nicht suchen, das zu hören, wonach sie nicht die Ohren spitzen, dem hinterherzulaufen, wonach ihnen nicht der Sinn steht, und zu riechen, was gar nicht da ist. Und manchmal«, kicherte er und hüpfte fröhlich von einem seiner Stummelbeinchen auf das andere, »raube und verwirre ich sogar Sinne und Gefühle – euer Pflichtgefühl, euren Sinn für zielgerichtetes Handeln und jegliches Augenmaß. Ihr habt es einem einzigen Umstand zu verdanken, dass ihr nicht schon längst hoffnungslos verloren seid.«

»Und der wäre?«, unterbrach ihn Milo gespannt.

»Euer Lachen! Das kann ich euch nicht nehmen!«, ächzte er unglücklich. »Gegen euren Sinn für Humor bin ich machtlos. Solange ihr den nicht verliert, habt ihr von mir nichts zu befürchten.«

»Aber was ist mit DENEN?«, schrie der Kackerlack außer sich vor Angst, denn in diesem Augenblick hatten die anderen Dämonen den Gipfel erreicht und stürmten auf sie zu, um sie sich zu schnappen.

Die drei bahnten sich den Weg zur Treppe, stolperten vorbei am Irr- und Verwirrsinn, wobei sie sein dickes Buch umwarfen, das Tintenfass, den Mützenschirm und alles, was ihnen sonst noch im Wege lag. Der Kackerlack sprang als Erster hinauf, dann folgte Tack und als Letzter, fast schon zu spät, Milo. Doch der schuppige Arm, der nach ihm griff, streifte nur noch seinen Schuh.

Die in schwindelerregende Höhen führenden Stufen tanzten gefährlich im Wind, und die Dämonen waren viel zu plump und schwerfällig, um ihnen zu folgen. Umso wilder und wütender war ihr Geheul. Sie schworen blutige Rache und verfolgten mit brennenden Augen, wie die drei Gestalten immer kleiner wurden, bis sie schließlich gänzlich in den Wolken verschwanden.

»Guck bloß nicht runter«, ermahnte Milo den Kackerlack, der auf wackeligen Beinen vor ihm nach oben wankte.

Wie ein gigantischer Korkenzieher wand sich die Treppe durch das Dunkel, steil, eng und ohne jedes Geländer, an dem sie sich hätten festhalten können. Doch obwohl der Wind grausam heulte und sich alle Mühe gab, sie loszureißen, und der nasskalte Nebel ihnen mit seinen klammen Fingern in die Knochen drang, ließen sie sich nicht aufhalten, halfen sich gegenseitig und stiegen immer weiter die Himmelsleiter hinauf, höher und höher, bis die Wolken sich endlich auflösten und die Dunkelheit den ersten wärmenden Sonnenstrahlen wich. Das Schloss lag direkt vor ihnen. Kaum hatten sie das Tor erreicht, machte es wie von selbst den Weg frei, und auf einem Läufer, der so weich war wie frisch gefallener Schnee, betraten sie die große Halle und blieben ehrfürchtig stehen.

»Kommt einfach rein. Wir haben euch schon erwartet«, ertönten zwei liebliche Stimmen im Chor.

Ganz hinten, am gegenüberliegenden Ende der Halle, teilte sich ein silberner Vorhang, und zwei junge Frauen traten hervor. Beide waren ganz in Weiß gekleidet und von unvergleichlicher Schönheit. Die eine war ernst und ruhig, mit warmen, verständnisvollen Augen, während die andere einen ganz und gar heiteren Eindruck machte, freudestrahlend.

»Ihr müsst Prinzessin Verstand sein«, sagte Milo zu der ersten und machte eine tiefe Verbeugung.

Sie antwortete ihm mit einem schlichten »Ja«.

»Dann seid Ihr also Prinzessin Sinn«, sagte er lächelnd zur anderen.

Ihre Augen funkelten vor schierer Freude, als sie mit einem Lachen antwortete, so verheißungsvoll wie das Klingeln des Postboten, wenn man weiß, dass dieser einen lang ersehnten Brief in seiner Tasche trägt.

»Wir sind gekommen, um euch beide zurückzuholen«, verkündete Milo mit ernster Miene.

»Und die Dämonen sind uns dicht auf den Fersen«, sagte der verstörte Kackerlack, viel zu schwach, um den beiden mit einigen schönen Versen seine Aufwartung zu machen.

»Und wir sollten uns ohne Umschweife auf den Weg machen«, riet Tack.

»Oh, hier hoch trauen sie sich nicht«, beruhigte ihn Verstand, »wir werden schon noch früh genug wieder unten sein.«

»Warum setzt ihr euch nicht einen Augenblick hin und ruht euch aus?«, schlug Sinn vor. »Ihr seid sicher müde. Wart ihr lange unterwegs?«

»Tagelang«, seufzte der erschöpfte Hund und rollte sich auf einem großen Daunenkissen zusammen.

»Wochenlang«, verbesserte ihn der Kackerlack, während er sich in einen tiefen, bequemen Lehnstuhl sinken ließ. Und das schien ihm absolut nicht übertrieben.

»Auf alle Fälle länger als *genug*«, sagte Milo und setzte sich zwischen die beiden jungen Frauen auf das Sofa. »Denn hätte ich nicht so viele Fehler gemacht, wären wir schon viel früher hier gewesen. Das ist allein meine Schuld.«

»Kein Grund, sich schlecht zu fühlen«, munterte ihn Verstand auf, »solange du deine Fehler nutzt, um aus ihnen zu lernen. Oft lernt man mehr, wenn man aus den richtigen Beweggründen das Falsche macht, als wenn man aus den falschen Gründen das Richtige tut.«

»Es gibt einfach so schrecklich *viel* zu lernen«, sagte er nachdenklich und runzelte die Stirn.

»Stimmt«, gab die Prinzessin zu. »Aber es geht nicht

nur darum, möglichst viel zu lernen. Mindestens genauso wichtig ist es, was man mit dem Gelernten anfängt und zu verstehen, warum es überhaupt sinnvoll ist, etwas zu lernen.«

»Genau das habe ich gemeint«, erklärte Milo, während Tack und dem hundemüden Kackerlack langsam die Augen zufielen. »Vieles von dem, was ich lernen soll, kommt mir so nutzlos vor, dass ich keinen Sinn darin sehe, es mir überhaupt anzueignen.«

»Mag schon sein, dass du das jetzt noch nicht begreifst«, sagte Verstand und schaute den ratlosen Milo verständnisvoll an. »Aber alles, was wir lernen, egal was, hat seinen Sinn, und selbst die kleinste Tat hat Folgen für alles und jeden, und seien diese auch noch so gering. Der Flügelschlag eines Schmetterlings schickt seinen Lufthauch einmal um die Welt, und wenn irgendwo ein Stäubchen zu Boden fällt, ist unser ganzer Planet ein klein wenig schwerer. Und wenn du mit deinem Fuß aufstampfst, so gerät die Erde ein winziges bisschen aus der Bahn. Bei jedem Lachen von dir breitet sich Freude aus, wie Wellen in einem Teich. Und jedes Mal, wenn du traurig bist, kann keiner wirklich glücklich sein, egal wo. Und mit dem Wissen verhält es sich nicht viel anders, denn jedes Mal, wenn du etwas Neues lernst und erkennst, wird die ganze Welt um genau das reicher.«

»Außerdem«, fügte Sinn hinzu, »sind viele Orte, nach denen du dich sehnst, auf keiner Landkarte zu finden, und vieles von dem, was du gerne in Erfahrung bringen würdest, entzieht sich dem Augenschein oder befindet sich ein kleines Stück außerhalb unserer Reichweite. Aber eines Tages wirst du all das erreichen. Denn was du heute lernst, hilft dir dabei, all den wunderbaren Geheimnissen auf die Spur zu kommen, die in der Zukunft auf dich warten. Auch dann, wenn es dir im Augenblick noch sinnlos vorkommt.«

»Ich ahne, was du meinst«, sagte Milo, dem vor lauter

Fragen und Gedanken der Kopf brummte. »Aber am allerwichtigsten ist …«

In diesem Augenblick unterbrach ein lautes Hacken ihre Unterhaltung. Es drang aus der Tiefe zu ihnen empor. Jeder der gewaltigen Hiebe versetzte die gesamte Halle mit allem, was in ihr versammelt war, ins Wackeln und Wanken. Unter ihnen, auf dem unergründlichen Gipfel, hatten die Dämonen damit begonnen, den Sockel der Himmelsstiege mit Äxten, Hämmern und Sägen zu bearbeiten, um sie aus ihrer Verankerung zu lösen. Und wirklich, es dauerte nicht lange, da krachte das ganze Ding mit ungeheurem Getöse in sich zusammen, und als der Kackerlack erschrocken aufsprang, kriegte er gerade noch mit, wie das Schloss sich langsam in Richtung All in Bewegung setzte.

»Wir fliegen!«, schrie er, eine Tatsache, die mittlerweile allerdings auch schon alle anderen mitbekommen hatten.

»Dann sollten wir uns wohl mal auf den Weg machen«, sagte Sinn leise, und Verstand nickte zustimmend.

»Und wie soll das gehen?«, jammerte der Kackerlack und starrte auf den Trümmerhaufen unter ihnen. »Die Treppe ist futsch, und wir steigen von Minute zu Minute höher.«

»Kann man nicht einfach die Zeit anhalten?«, fragte Milo, »oder zurückdrehen?«

»Das nicht«, bellte Tack. »Aber sie vergeht im Fluge.« Damit sprang auch er auf die Beine und rief: »Und deswegen werde ich euch runterbringen.«

»Kannst du uns denn alle tragen?«, fragte die Schabe.

»Ein kurzes Stück schon«, meinte der Hund nachdenklich. »Die Prinzessinnen können sich auf meinen Rücken setzen, Milo kann sich an meinem Schwanz festhalten, und du klammerst dich am besten an seine Fußgelenke.«

»Aber was wird dann aus dem Luftschloss?«, protestierte der Kackerlack, dem Tacks Vorschlag nicht behagte.

»Vergiss es«, sagte Sinn.

»Gut, dass wir es endlich los sind«, pflichtete Verstand ihr bei. »Denn so schön es auch sein mag, letztendlich ist es bloß ein Gefängnis.«

Tack nahm drei Schritte Anlauf, rannte los, sprang mitsamt der ganzen Busladung durch das Fenster und begann seinen langen Gleitflug nach unten. Die Prinzessinnen saßen aufrecht und furchtlos, Milo hielt sich mit aller Kraft an Tacks Schwanz fest, und der Kackerlack schwang wild hin und her, wie der Schweif eines Drachens. So ging es abwärts durch das unergründliche Dunkel, den Gipfeln der Unwissenheit entgegen. Und den Dämonen.

19. DIE RÜCKKEHR VON SINN UND VERSTAND

Nachdem sie haarscharf an drei der höchsten Gipfel vorbeigeschrammt und den Armen der nach ihnen grabschenden Dämonen nur mit Ach und Krach entkommen waren, landeten sie mit einem unsanften Ruck auf dem Boden.

»Schnell!«, mahnte Tack. »Mir nach! Wir müssen so schnell wie möglich weg von hier!«

Mit den Prinzessinnen auf seinem Rücken galoppierte er den steinigen Weg hinunter – und das keinen Augenblick zu früh. Denn der ganze Haufen monströser, furchterregender Dämonen und Ungeheuer, die sich alle miteinander für ein Leben in Unwissenheit entschieden hatten, kam in einer Wolke aus Staub und begleitet von markerschütternden Schreien den Berghang hinunter auf sie zugestürmt und konnte es kaum erwarten, sich endlich auf sie zu stürzen.

Dicke schwarze Wolken hingen schwer auf sie herab, wie sie durch die Finsternis flohen, und ein kurzer Blick zurück reichte Milo, um zu sehen, dass die entsetzlichen

Gestalten näher und näher kamen. Unmittelbar zu ihrer Linken rannte die DDFK, die Dämonische Dreifaltigkeit Fauler Kompromisse – die eine lang und dünn, die zweite klein und fett und die dritte ein Ebenbild der beiden anderen. Wie immer bewegten sie sich völlig unberechenbar im Kreis, denn, sagte die eine »Hier lang«, rief die andere »Nein, dort«, und die dritte erklärte sich mit beiden einverstanden. Und da sie ihre Differenzen immer dadurch lösten, dass sie das taten, was keine von ihnen wirklich wollte, kamen sie eigentlich nie ans Ziel – ebenso wie jeder, der sich auf sie einließ.

Unbeholfen und immer hinterher sprang der Rettungslos Rechthaberische Neunmalklug von Fels zu Fels. Gleichzeitig hatte es den Anschein, als wollte er sich mit seinen entsetzlich gekrümmten Klauen an jedem einzelnen Brocken festkrallen. Er war ein äußerst unangenehmer Geselle, der seine Augen hinten hatte, wohingegen sein Hinterteil nach vorne ragte. Er sprang grundsätzlich los, bevor er hinsah, und ihm war es völlig gleichgültig, wo er sich hinbewegte. Hauptsache, er wusste hinterher, warum er besser nicht dorthin gegangen wäre, wo er sich eben noch befunden hatte.

Am furchterregendsten jedoch war das Gorgonenpaar Hass und Häme direkt dahinter. Zentimeter für Zentimeter krochen die beiden vorwärts, wie zwei riesenhafte Nacktschnecken, mit höllisch lodernden Augen und gierig sabbernden Mäulern. Sie ließen eine Schleimspur hinter sich und kamen sehr viel schneller voran, als man für möglich hielt.

»TEMPO! Sie kommen näher«, schrie Tack, woraufhin sie noch einen Zacken zulegten. Der Kackerlack hielt seinen Hut mit einer Hand fest, während er mit der anderen wild in der Luft herumfuchtelte. Milo rannte so schnell wie noch nie in seinem Leben, und trotzdem – die Dämonen und Ungeheuer waren ein kleines bisschen schneller.

Von rechts näherte sich ihnen schlingernd der Blasierte Besserwisser. Sein schwerer, zwiebelförmiger Leib trampelte auf spindeldürren Beinen durch die Gegend. Beinen, die kaum in der Lage waren, ihn zu tragen. Dabei redete er pausenlos vor sich hin. Dieser jämmerliche Dämon bestand praktisch bloß aus einem riesigen Mund und war ständig darauf aus, Falschmeldungen zu verbreiten, zu allem und jedem. Und obwohl er ständig umknickte, war nie er es, der zu Schaden kam, sondern bloß die armen Kreaturen, auf die er fiel, beziehungsweise, die auf ihn hereinfielen.

In seinem Windschatten lief der Üble Übertreiber. Seine verzerrten Gesichtszüge sowie sein abstoßendes Verhalten waren ein abscheulicher Anblick, und seine Furcht einflößenden Zähne schienen ausschließlich dazu gemacht, der Wahrheit Gewalt anzutun.

Die beiden gingen immer gemeinsam auf die Jagd und brachten jedem, der ihnen auf den Leim ging, nichts als Ungemach.

Dann war da noch der Vordergründige Vorwand, eine mickrige, bedauernswerte Gestalt in abgetragenen, fadenscheinigen Klamotten. Er schwang sich auf den Rücken eines jeden, der bereit war ihn mit sich herumzutragen, und gab mit leiser, aber durchdringender Stimme immer und immer wieder dieselben Sätze von sich: »Mir war total schlecht – in *der* Stunde hab ich gefehlt – *die* Seite war rausgerissen – der Bus ist mir vor der Nase davongefahren – aber von den anderen hat es *ja auch* niemand – mir war total schlecht – in *der* Stunde hab ich gefehlt – *die* Seite war rausgerissen – der Bus ist mir vor der Nase davongefahren – aber von den anderen hat es *ja auch* niemand.« Auf den ersten Blick wirkte er ziemlich harmlos und freundlich, aber wen er erst mal in seinen Fängen hatte, den ließ er nicht wieder los.

Die Monster kamen näher und näher, drängelten und schubsten, kratzten und schnaubten, getrieben von unbändiger Wut und Gier. Tack wankte unter dem Gewicht der Prinzessinnen tapfer voran, und Milos Lungen drohten zu platzen, während sie unbeirrt den Pfad hinunterstolperten. Bloß der Kackerlack fiel langsam zurück. Am Fuße des Berges angekommen, wurde der Pfad breiter und flacher. Dann bog er ab, und die drei nahmen Kurs auf *Geist-Reich* und die damit verbundene Aussicht auf Licht und Schutz, vorausgesetzt, sie schafften es, vor den Dämonen dort hinzugelangen.

Diese kamen mittlerweile von allen Seiten auf sie zugetorkelt – wilde Kerle und finstere Kreaturen, fest entschlossen, ihre Beute nicht entkommen zu lassen, komme, was wolle. Von hinten angefeuert durch die hämischen Rufe des Maßlosen Muss-Jas und des Großen Duckmäusers, während der Widerliche Widerstreit Feuer- und Rauchwolken speiend heranstürmte, hin- und hergerissen, wem er als Nächsten schlaflose Nächte bereiten sollte.

Der Kackerlack schwankte und taumelte völlig entkräftet auf seinen Beinen, als wären sie aus Gummi. Auf seinem verängstigten Gesicht machte sich ein sehnsuchtsvoller Blick breit. »Ich glaube nicht, dass ich noch lange …«, keuchte er, als ein greller, wild gezackter Blitz über den Himmel zuckte und ein grollender Donner ihm die Sprache verschlug.

Die unheimliche Gesellschaft rückte näher und näher, und die verzweifelte Jagd neigte sich ihrem bitteren Ende zu. Während die Dämonen sich zu ihrem finalen Schlag zusammenrotteten, fassten sie den Entschluss, zuerst die Schabe zu verschlingen, dann den Jungen und als krönenden Abschluss den Hund mitsamt seinen beiden Passagierinnen. Wie zu einem Knäuel verbun-

den setzten sie alle auf einmal zum Sprung an und – erstarrten im Flug, als wären sie zu Eis geworden. Unfähig, auch nur die kleinste Bewegung zu machen, starrten sie entsetzt nach vorn.

Milo hob sein ermattetes Haupt, und dort standen sie – am Horizont, so weit das Auge reichte: die dicht gedrängten Reihen der Armee des Geist-Reichs. In ihren Schwertern und Schilden spiegelte sich die Sonne, und ihre bunten Fahnen und Banner flatterten stolz im Winde.

Einen Moment lang herrschte absolute Stille. Dann ertönte das Signal zum Angriff aus tausend und noch mal tausend Trompeten und Fanfaren. Die nicht enden wollende Reihe von Reitern rückte vor, zunächst noch langsam, dann immer schneller, wie eine anbrandende Riesenwelle, bis sie den entsetzten Dämonen im gestreckten Galopp und mit einem tausendfachen Schrei, der Musik in Milos Ohren war, entgegenpreschten.

An ihrer Spitze ritt König Abis Zett, dessen blendende Rüstung mit sämtlichen Buchstaben des Alphabets verziert war. Ihm zur Seite ritt der Mathemagikus, in der Hand einen frisch gespitzten Stab. Von seinem kleinen Wagen aus zündete Dr. G. Töse zum Entzücken der Hüterin der Töne eine Explosion nach der anderen, die der TSCHINN sofort wieder einsammelte, kaum dass sie verklungen waren. Seine Chrominanz, Maestro Kolorian, und sein Orchester ließen sich zu Ehren dieses besonderen Anlasses zur Darbietung eines patriotisch gefärbten Reigens hinreißen. Keiner, dem Milo auf seiner Reise begegnet war, hatte sich nehmen lassen, ihnen zu Hilfe zu eilen: die Passanten auf dem Marktplatz, die Bergleute von Zahlheim sowie sämtliche aufrechten Männer und Frauen aus dem Tal der Töne und dem Wald der An-, Ein- und Aussichten.

Hoch über ihnen summte die Buchstabiene aufgeregt hin und her und rief ein ums andere Mal: »Attacke -- A-T-T-A-C-K-E -- Attacke -- A-T-T-A-C-K-E.« Der Sowas-Von, der, wie jedermann wusste, so was von feige war, war den ganzen Weg von der Insel der voreiligen Schlüsse hergeeilt, nur damit niemand den voreiligen Schluss ziehen konnte, er hätte keinen Mumm. Selbst Wachtmeister Kurz hatte finster und kurz entschlossen einen ebenso kurzbeinigen wie lang gestreckten Kurzhaardackel bestiegen und galoppierte mit.

Die Monster der Unwissenheit machten mit vor Schreck geweiteten Augen kehrt und traten die Flucht an, zurück in die feuchtkalten, finsteren Löcher, aus denen sie hervorgekrochen waren. Dabei stießen sie Angstschreie aus, die so dämonisch waren, dass sie sich für immer ins Gedächtnis brannten. Der Kackerlack seufzte erleichtert, und Milo sowie die Prinzessinnen bereiteten sich darauf vor, den siegreichen Truppen zu begegnen.

»Prima gemacht«, bestätigte ihnen Baron Botho von Bindewort, stieg vom Pferd und schüttelte Milo warmherzig die Hand.

»Gute Arbeit«, pflichtete Seine Eminenz Erich von Eigen-Schaft ihm bei.

»Eins-a-Job«, meldete sich Graf Gunnar Genus-Verbi.

»Gratuliere«, sagte Fürst Franz Ferdinand von Fragesatz.

»EIN DREIFACH HOCH«, rief der Ministerialdirigent Manfred Modus-Irrealis und zog vor Milo seinen Zylinder.

Und da er damit offensichtlich der gesamten Menge aus dem Herzen sprach, ließen sie die drei nun alle miteinander hochleben.

»Der Dank ist ganz auf unserer Seite ...«, begann Milo, nachdem die Rufe sich gelegt hatten. Doch noch bevor er den Satz beenden konnte, hatten die fünf königlichen Berater bereits eine riesige Schriftrolle ausgebreitet und verkündeten nach einem Fanfarenstoß und unter Trommelgewirbel:

»Hiermit«,

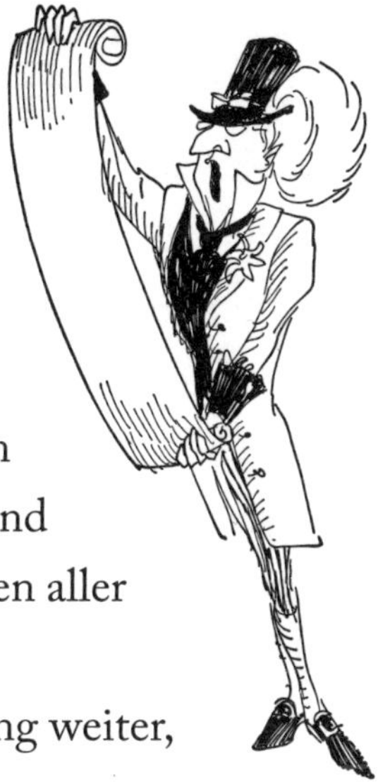

»sogleich und unverzüglich«,

»geben wir bekannt«,

»dass Sinn und Verstand«,

»von Neuem das Zepter in Geist-Reich übernehmen.«

Die beiden Prinzessinnen verbeugten sich dankbar, gaben ihren Brüdern einen liebevollen Kuss auf die Wange, und man war sich einig, dass es so zum Besten aller war.

»Überdies«, ging die Bekanntmachung weiter,

»werden der Milo genannte Junge«,

»der Tack gerufene Hund«,

»und die im Folgenden als Kackerlack bezeichnete Schabe«,

»ganz offiziell«,

»zu Helden des Königreichs«,

»ernannt.«

Ein Hochruf folgte dem anderen, sodass es selbst dem Kackerlack ein wenig peinlich war, dermaßen im Mittelpunkt zu stehen

»Demzufolge«, endete der Baron, »wird zu Ehren ihrer ruhmreichen Tat eine Staatsfeier anberaumt. Der festliche Umzug soll keine Stadt des Königreiches auslassen, und auf dem drei Tage währenden zentralen Volksfest werden ritterliche Turniere stattfinden, Spiele, öffentliche Tafelrunden sowie Vergnügungen jedweder Art.«

Unter Fanfarenklängen rollten die fünf Kabinettsmitglieder ihre große Schriftrolle wieder zusammen und zogen sich, nach allen Seiten katzbuckelnd, zurück.

Berittene Kuriere verbreiteten die Nachricht bis ins letzte Eck des Königreiches, und die Menschen strömten von allen Seiten zusammen, um dem Festzug auf seinem langen Weg durchs Land zuzujubeln. Blumengirlanden schmückten jedes Haus, jeden Laden und jedes Geschäft, und ein Meer von Blüten pflasterte die Straßen. Selbst die Luft war erfüllt von einem erregten Schimmern und Glitzern. Seit Jahren geschlossene Fensterläden wurden aufgerissen, um den leuchtenden Sonnenstrahlen den Weg dorthin zu ebnen, wo sie sich schon so lange nicht mehr hatten blicken lassen.

Milo, Tack und der immer noch recht verstörte Kackerlack hatten neben Abis Zett, dem Mathemagikus und den Prinzessinnen in der königlichen Karosse Platz genommen. Der Umzug erstreckte sich kilometerweit in beide Richtungen, und während die Hochrufe kein Ende nehmen wollten, beugte sich Sinn vor und berührte Milo liebevoll am Arm.

»Die Rufe gelten dir«, sagte sie lächelnd.

»Aber ohne die Hilfe der anderen«, protestierte Milo, »hätte ich es nie geschafft.«

»Mag schon sein«, sagte Verstand ernst, »aber du warst mutig genug, den Versuch zu wagen. Und was man erreichen *kann,* hängt sehr oft davon ab, was man erreichen *will.*«

»Dies ist auch der Grund«, sagte Abis Zett, »weshalb ich euch vor eurer Abreise nicht verraten konnte, was eurem Unternehmen als größtes Problem im Wege stand.«

»Stimmt«, sagte Milo gespannt. »Jetzt erinnere ich mich. Und? Was war es?«

»Es war unmöglich«, sagte der König und warf dem Mathemagikus einen wissenden Blick zu.

»Absolut unmöglich«, bestätigte dieser und erwiderte dessen Blick.

»Soll das etwa heißen, ihr …«, stotterte der Kackerlack, und ihm wurde mit einem Mal ganz schwummerig.

»Genau«, antworteten die beiden gleichzeitig. »Aber hätten wir euch das damals mit auf den Weg gegeben, wärt ihr wahrscheinlich gar nicht erst losgegangen. Und dass fast alles möglich ist, solange man es nicht von vornherein für unmöglich hält, das habt ihr ja nun gerade selbst erfahren.«

Den Rest des Weges verbrachte Milo, ohne einen Ton zu sagen.

Schließlich, ein kleines Stück unterhalb vom Tal der Töne, am nördlichen Waldrand der An-, Ein- und Aussichten – direkt zwischen Wortopolis und Zahlheim –, erreichte die lange Reihe aus Kutschen und Reitern eine ausgedehnte Hochebene. Der ganze Tross machte halt, und das Volksfest konnte beginnen.

Im Nu wurden bunt gestreifte Zelte und Buden aus dem Boden gestampft, und die Arbeiter und Handwerker wuselten durch die Gegend wie aufgescheuchte Ameisen. Innerhalb weniger Minuten wurden Rennbahnen und Tribünen für die Reiterspiele errichtet, Kirmesbuden, Karussells und Erfrischungsstände, handbetriebene Riesenräder und was es sonst noch an Attraktionen gab. Dazu ein Meer aus Bannern und Fahnen, kurzum – ein wilderes Treiben hätte man sich kaum vorstellen können.

Der Mathemagikus feuerte ein Feuerwerk nach dem anderen ab – eine Folge prachtvoll explodierender Zahlen, die sich nach Lust und Laune miteinander malnahmen und durcheinander teilten und zu den atemberaubendsten Resultaten führten. Ihre Farben steuerte Kolorian bei – natürlich –, und das sie begleitende Geknatter, Krachen und Geheul stammte vom überglücklichen Dr. G. Töse. Der Hüterin der Töne schließlich war es zu verdanken, dass auch Musik und Lachen nicht zu kurz kamen. Ja, ab und zu gelang es ihr sogar, ein paar stille Momente dazwischenzuschieben.

Alex Bing hatte ein riesengroßes Fernrohr aufgebaut und lud jedermann (und jedefrau) ein, einen Blick auf die Rückseite des Mondes zu werfen, während der Kackerlack sich durch die Menge bewegte, Glückwünsche entgegennahm und in allen Einzelheiten von *seinen* Heldentaten berichtete, und der Mut, der *ihm* dafür abverlangt worden war, wuchs im Verlauf seiner Schilderungen bis ins schier Unermessliche.

Jeden Abend, genau zum Sonnenuntergang, gab es ein königliches Bankett. Aufgetischt wurde alles, was man sich vorstellen konnte. König Abis Zett hatte seine Vorräte für ganz besondere Anlässe geplündert und ließ die köstlichsten Wörter und Worte kommen – für jeden Geschmack etwas. Für diejenigen, die das Ausgefallene liebten, gab es sie sogar in den verschiedensten Sprachen. Der Mathemagikus fuhr unzählige Schüsseln und Platten mit Teilen und Teilchen auf, von denen Milo jedoch tunlichst die Finger ließ, denn, egal wie viele man verspeiste, am Schluss lagen immer mehr von ihnen auf dem Teller als vorher.

Nach dem Essen wurden selbstverständlich Lieder gesungen, Gedichte vorgetragen und Lobreden gehalten – alles zu Ehren der beiden Prinzessinnen sowie der drei furchtlosen Glücksritter, die sie befreit und gerettet hatten. König Abis Zett und der Mathemagikus gelobten, ihre Truppen fürderhin jedes Jahr um diese Zeit zu den Gipfeln der Unwissenheit zu führen, so lange, bis auch der letzte Dämon vertrieben wäre, und alle waren

sich einig, dass man in Geist-Reich noch nie ein schöneres Fest gefeiert hatte, geschweige denn aus einem so schönen Anlass.

Aber selbst die schönsten Dinge währen nicht ewig, und so baute man am späten Nachmittag des dritten Tages die Zelte ab, machte die Buden dicht und bereitete alles zum Abtransport vor.

»Zeit, uns auf den Weg zu machen«, sagte Verstand, »auf uns wartet unendlich viel Arbeit.« Während sie das sagte, musste Milo ganz plötzlich an sein Zuhause denken. Ihn befiel eine große Sehnsucht, dorthin zurückzukehren, und das, obwohl er den Gedanken, hier wegzugehen, kaum aushalten konnte.

»Und daher heißt es jetzt wohl Abschied nehmen«, sagte Sinn und fuhr mit ihrer Hand sanft über seine Wange.

»Von allen?«, fragte Milo unglücklich. Langsam blickte er von einem seiner neu gewonnenen Freunde zum nächsten. Dabei schaute er sehr genau hin, um nicht einen einzigen von ihnen auch nur für einen Moment zu vergessen. Am längsten jedoch verharrte er mit seinem Blick bei Tack und dem Kackerlack, mit denen er so vieles erlebt und durchgestanden hatte: Fährnisse und Gefahren, Angst und Schrecken, und als krönenden Abschluss den Sieg über die Dämonen. Noch nie hatte jemand zwei treuere und standhaftere Gefährten.

»Könnt ihr beiden mich nicht begleiten?«, fragte er, obwohl er die Antwort darauf schon kannte.

»Ich fürchte, nein, alter Kumpel«, erwiderte der Kackerlack. »So gerne ich das auch tun würde. Aber ich habe mich zu einer Vortragsreise breitschlagen lassen, die mich auf Jahre hinaus beschäftigen wird.«

»Und einen AufWachhund haben sie hier jetzt nötiger denn je«, bellte Tack sichtlich betrübt.

Milo umarmte die Schabe. »BOFF!«, gab diese einen ihrer üblichen wegwerfenden Kommentare von sich. Ihre tränenverhangenen Augen jedoch sprachen eine andere Sprache.

Dann schlang der Junge seine Arme um Tack und drückte ihn für einen Moment ganz fest an sich.

»Vielen Dank für alles, was ihr mir beigebracht habt«, wandte sich Milo an alle, und eine Träne lief ihm über die Wange.

»Und vielen Dank, was du *uns* beigebracht hast«, erwiderte der König.

Dann klatschte er in die Hände, und das kleine Auto wurde vorgefahren. Von oben bis unten frisch poliert, glänzte es wie neu.

Milo setzte sich hinein, fuhr, nachdem er sich ein letztes Mal umgedreht hatte, die Straße hinunter, und alle winkten ihm hinterher.

»Auf Wiedersehen«, rief er. »Auf Wiedersehen. Ich komme wieder.«

»Auf Wiedersehen«, rief Abis Zett. »Und vergiss nicht, wie wichtig Wörter sind.«

»Und Zahlen«, rief der Mathemagikus entschlossen hinterher.

»Du glaubst doch nicht allen Ernstes, Zahlen wären genauso wichtig wie Wörter?«, hörte er Abis Zett, nun schon etwas weiter entfernt.

»Und ob ich das glaube!«, erwiderte der Mathemagikus, kaum noch zu verstehen. »Was in aller …«

Oje, dachte Milo. *Hoffentlich geht nicht alles wieder von vorne los.*

Doch da überquerte die Straße einen kleinen Hügel, machte einen weiten Bogen, mit Kurs auf sein Zuhause, und sie waren endgültig aus seinem Blickfeld verschwunden.

20. TSCHÜSS UND HALLO

Wie die abwechslungsreiche Landschaft so an ihm vorüberflog und der Wind an seiner Frontscheibe sein munteres Liedchen pfiff, kam es Milo plötzlich vor, als wäre es Wochen her, seitdem er aufgebrochen war.

Ich hoffe nur, dass sich niemand Sorgen gemacht hat, dachte er und drückte fester aufs Gaspedal. *So lange bin ich ja noch nie weg gewesen.*

Die Spätnachmittagssonne hatte ihr lebendiges Gelb abgelegt und sich in ein träges Orangerot gehüllt. Sie wirkte fast genauso müde und erschöpft wie er selbst. Als er durch eine Reihe aufeinanderfolgender Kurven sauste, kamen ihm diese irgendwie bekannt vor, und wirklich – kurz darauf tauchte am Horizont das einsam in der Landschaft herumstehende Mauthäuschen auf, ein Anblick, nach dem Milo sich, wie er jetzt merkte, schon lange gesehnt hatte. Ein paar Minuten später hatte er das Ziel seiner Reise erreicht, warf seine Münze ein, unterquerte die Schranke, und bevor er wusste, wie ihm geschah, saß er wieder mitten in seinem Zimmer.

»Erst sechs Uhr«, stellte er mit einem Gähnen fest.

Doch was er gleich darauf entdeckte, war noch viel umwerfender.

»Es ist ja immer noch heute! Ich war bloß eine Stunde weg!«, rief er erstaunt, denn dass man in so kurzer Zeit so viel erleben konnte, hätte er nie geglaubt.

Zum Erzählen war Milo viel zu müde, eigentlich sogar fürs Abendessen. Also ging er so schnell wie möglich und ohne zu murren, ins Bett. Er schlüpfte unter die Decke und ließ seinen Blick noch einmal durch sein Zimmer schweifen. Irgendwie sah es ganz anders aus, als er es in Erinnerung hatte – dann fiel er in einen tiefen, gesunden Schlaf.

Am nächsten Tag verging der Unterricht wie im Fluge, aber immer noch nicht schnell genug für Milo, denn sein Kopf steckte voller Pläne. Er hatte nur noch Augen für das Mauthäuschen und alles, was jenseits von ihm lag. Voller Ungeduld fieberte er dem Ende der letzten Stunde entgegen, und als es endlich so weit war, lieferten sich seine Gedanken den ganzen Heimweg über ein Rennen mit seinen Füßen.

Nichts wie weg! Nichts wie weg! Ich fahr sofort los. Sie werden sich alle total freuen, mich wiederzusehen, und ich werde …

Auf der Türschwelle zu seinem Zimmer blieb er abrupt stehen. Dort, wo am Abend zuvor noch das Mauthäuschen gestanden hatte, war nichts mehr zu sehen.

Rein gar nichts. Hektisch stellte er die gesamte Wohnung auf den Kopf, aber es blieb auf ebenso rätselhafte Art und Weise verschwunden, wie es erschienen war. An seiner Stelle lag bloß wieder so ein hellblauer Briefumschlag. Adressiert war er an:

MILO, DER JETZT WEISS, WO'S LANGGEHT.

Schnell riss er ihn auf und las:

Lieber Milo,
das fantastische Mauthäuschen hat Dir zu einer Reise verholfen, die jetzt hinter Dir liegt. Wir sind zuversichtlich, dass alles zu Deiner Zufriedenheit verlaufen ist, und hoffen, Du hast Verständnis dafür, dass wir es nun wieder abgeholt haben. Schließlich gibt es noch unendlich viele andere Jungen und Mädchen, die schon sehnlichst darauf warten.
Es existieren sicherlich eine Menge ferner und fremder Länder, die Du noch nicht kennst (manche von ihnen finden sich auf keiner Karte), und wunderbare Dinge, die Du noch nicht gesehen hast (sogar solche, die sich keiner je hat träumen lassen), aber wir sind uns ganz sicher, dass Du auch so einen Weg finden wirst, dorthin zu gelangen, wenn Du nur willst.
Mit herzlichen Grüßen …

Die Unterschrift war so verwischt, dass man sie nicht entziffern konnte.

Traurig schob Milo den großen Lehnstuhl zum Fenster, kauerte sich in dessen hinterste Ecke und schaute hinaus. Er fühlte sich plötzlich sehr einsam und verlassen, und seine Gedanken schweiften in die Ferne – zum tölpelhaft-närrischen und doch so liebenswerten Kackerlack; zur wohltuenden Geborgenheit, die von Tack ausging, wenn dieser ihm zur Seite stand; zum ebenso unberechenbaren wie launischen TSCHINN; zum kleinen Alex, dem er wünschte, eines Tages Boden unter die Füße zu bekommen; zu Sinn und Verstand, ohne die das Geist-Reich verkümmern würde, und zu den vielen, vielen anderen, die er niemals vergessen würde.

Und trotzdem, obwohl er mit seinen Gedanken ganz woanders war, fiel ihm auf, dass der Himmel irgendwie blauer war als sonst, und eine Wolke erschien ihm wie ein großes Segelschiff. Von den Baumspitzen grüßten frische, hellgrüne Knospen, und die Blätter waren von einem unglaublich satten Grün. Draußen vor dem Fenster gab es so viel zu sehen, zu hören und zu berühren – man konnte spazieren gehen, auf Hügel klettern und Raupen dabei zugucken, wie sie durch den Garten robbten. Konnte Stimmen nachhorchen, darüber staunen, was die Leute sich zu sagen hatten, und feststellen, wie jeder Tag seinen ganz eigenen Duft verströmte.

Auch in dem Zimmer selbst, in dem er gerade saß, gab es Bücher, die einen überallhin versetzen konnten, Dinge, die man erfinden, machen, aufbauen und auseinandernehmen konnte, und Geheimnisse, die nur darauf warteten, enträtselt zu werden – und über allem lag der Zauber, der von all dem ausging, was er noch nicht kannte. Musikstücke wollten gespielt, Lieder gesungen, Welten ersonnen und irgendwann vielleicht Wirklichkeit werden. Seine Gedanken schossen voller Lust ins

Kraut, so neu erschien ihm alles. Und so groß war sein Wunsch, es auszuprobieren.

»Na ja«, sagte er und sprang auf, »ich *würde* ja wahnsinnig gern noch mal so eine Reise unternehmen. Aber woher die Zeit nehmen, wenn nicht stehlen? Es gibt hier einfach viel zu viel zu tun.«

ENDE

NACHWORT

Wie die meisten wunderbaren Dinge, die mir in meinem Leben widerfahren sind, ist auch *Die Abenteuer von Milo, Tack und Kackerlack* bloß entstanden, weil ich mich vor einer anderen Aufgabe drücken wollte – etwas, das ich eigentlich hätte tun müssen. Manche Leute sind halt so. Und ich bin einer von ihnen.

Doch schön der Reihe nach.

Nachdem ich 1957 meinen Militärdienst hinter mich gebracht hatte, zog es mich nach New York. Dort fing ich an, in einem Büro für Stadtplanung zu arbeiten, um die nötige Erfahrung für meinen späteren Beruf als Architekt zu sammeln. Als solcher arbeite und sehe ich mich nämlich im wirklichen Leben. Würde man mich mitten in der Nacht aus dem Schlaf rütteln und fragen: »Was bist du eigentlich?«, dann wäre meine spontane Antwort »Architekt« und dann erst »Schriftsteller«, »Lehrer« oder was sonst noch. Das heißt nicht, dass ich mein Schreiben oder meine Lehrtätigkeit weniger wertschätze. Beides ist mir sehr wichtig. Aber es ist und bleibt die Architektur, die meinen Blick auf die Welt geformt hat und die Art und Weise, in der ich meine Ideen entwickle.

Während meiner ersten Jahre in New York interessierte ich mich sehr dafür, wie die Leute ihre Umwelt wahrnehmen und erfahren. Ich wollte wissen, was genau bestimmten Plätzen eine gute oder schlechte Ausstrahlung verschafft und wie wir unsere kleinen und großen Städte bauen. Irgendwann kam mir der Gedanke, dass es Spaß machen und sinnvoll sein könnte, darüber ein Buch zu schreiben, und zwar für Kinder. Schließlich waren sie es, deren Wahrnehmung, Achtsamkeit und Gedanken unser zukünftiges Leben bestimmen würden.

In der Folge gelang es mir dann tatsächlich, einen Vorschuss für ein derartiges Buch über Stadtplanung und das dazu notwendige Wahrnehmungsvermögen zu ergattern, woraufhin ich meinen Job kündigte und mich mit großem Eifer daranmachte, die für ein solches Projekt notwendigen Recherchen anzustellen. Doch schon bald sollte ich erfahren, was es mit dem alten Sprichwort auf sich hatte: »Wen Gott strafen will, dem erfüllt er seine Wünsche.«

Nachdem ich mich etliche Monate damit herumgequält hatte, war ich urlaubsreif, nahm eine mehrwöchige Auszeit am Meer und verbrachte die Tage mit langen Spaziergängen am Strand. Und weil ich mir geschworen hatte, nicht eine einzige Minute über Stadtplanung nachzudenken, blieb mir nichts anderes übrig, als mich mit irgendetwas anderem zu beschäftigen. Auf einem meiner Ausflüge fiel mir ein Gespräch ein, das ich ein paar Wochen zuvor in einem Restaurant geführt hatte. Ich war allein und wartete darauf, einen Tisch zugewiesen zu bekommen, da kam ein zehn- oder elfjähriger Junge hereinspaziert und setzte sich neben mich. Ein paar Minuten saßen wir schweigend nebeneinander, dann fragte er plötzlich: »Was ist die größte Zahl, die es gibt?« Es war eine jener überraschenden Fragen, die niemand so gut stellen kann wie ein Kind.

Welche denn die größte wäre, die *er* sich vorstellen könnte, fragte ich zurück, und als er sie genannt hatte, sagte ich ihm: »Prima. Und jetzt zähl einfach eins hinzu.«

Er stutzte. Dann forderte er mich auf, dasselbe zu tun. So ging das munter hin und her, und wir verbrachten eine wundervolle Zeit damit, uns auf diese Weise dem Thema der Unendlichkeit anzunähern und dabei festzustellen, dass es schlicht unmöglich ist, jemals dorthin zu gelangen. Ich fühlte mich in meine Kindheit zurückversetzt und in die Art, in der ich damals über die Geheimnisse der Welt nachdachte, und war so beseelt, dass ich sofort damit anfing, mir eine, wie ich zunächst dachte, kleine Geschichte auszudenken. In ihr sollte es um ein Kind gehen und seine Begegnung mit Zahlen und Wörtern – kurz um das ganze seltsame Universum von Begrifflichkeiten und deren Bedeutung, mit denen Kinder sich rumschlagen müssen.

Je mehr ich schrieb, desto klarer stand mir wieder vor Augen, worüber ich mir als Kind so den Kopf zerbrochen hatte: die Frage, warum ich so viele Dinge lernen musste, die überhaupt keine Bedeutung für mein damaliges Leben zu haben schienen. Die Schwierigkeit, die Welt zu verstehen, mitsamt ihrem völlig verrückten und unlogischen Fortgang. Und vor allem die unendlich langen Perioden der Langeweile, in denen ich keine Lust auf gar nichts hatte. Für mich hatte damals, mit zehn, so gut wie gar nichts Sinn und Verstand.

Ich schrieb glücklich vor mich hin, und meine Geschichte wurde länger und länger. Das Schönste daran war jedoch, dass sie mir jeden Gedanken an das Buch, das ich eigentlich hätte schreiben sollen, vom Leibe hielt. Ich schrieb so lange, bis ich einen ganzen Zoo von Episoden, Unterhaltungen und Figuren beisammenhatte, ohne die geringste Idee allerdings, wohin das Ganze führen sollte. Ich verbrachte eine wundervolle Zeit. Mir machte es unendlichen Spaß, die Dinge immer wieder umkrempeln zu können, sie vom Kopf auf die Füße zu stellen und wieder zurück, das Innerste nach außen zu kehren und dabei all den verrückten Witzen, Wortspielen und -spielereien, die mein Vater mir während meines Erwachsenwerdens beigebracht hatte, Tür und Tor zu öffnen.

Als ich die ersten fünfzig Seiten geschrieben hatte,

zeigte eine Freundin von mir sie einem befreundeten Lektor, und ein paar Wochen später bot man mir einen Vertrag an, um das Buch fertigzustellen.

Oje, jetzt war das Ganze plötzlich *ein Buch* – und ich musste es zu Ende schreiben. Es war kein Spiel mehr, das ich spielte, so wie es mir in den Sinn kam – ab jetzt stellte es selbst die Regeln auf.

Ich begann von vorn und tat mein Bestes, den Vertrag aus dem Kopf zu bekommen. Nach und nach kehrte der Spaß zurück. Nach ungefähr sechs Monaten waren die Prinzessinnen gerettet, es trat wieder so etwas wie Ordnung ein – zumindest für ein kleines Weilchen –, und sowohl Milo wie ich waren um ein paar Erfahrungen und Erkenntnisse reicher.

Ich sollte wohl auch noch einige Worte zu den Illustrationen sagen. Zu jener Zeit, als ich das Buch schrieb, teilte ich mir in New York eine große, heruntergekommene Maisonette-Wohnung mit Jules Feiffer, der damals gerade seine Karriere als Comiczeichner und Cartoonist startete. Er fragte sich, was wohl die Ursache des dauernden Hin- und Herschreitens über seinem Kopf sein mochte, kam immer mal wieder zu mir hoch, las einige Passagen von dem, was ich gerade fertiggestellt hatte, und fing an, die eine oder andere Skizze für eventuelle Illustrationen zu machen. Sie waren ziemlich großartig und gaben den Geist des Buches perfekt wieder. Also kamen wir überein, dass er die Illustrierung übernehmen sollte.

Trotzdem war noch das eine oder andere kleine Problem zu überwinden. Es gab einige Dinge, die er nicht gern zeichnete. Zum Beispiel Landkarten. Ich dagegen liebe Landkarten, ja – ich glaube, ein Grund, das Buch überhaupt zu schreiben, war nicht zuletzt, dass es eine Landkarte enthalten würde, so wie in den Büchern von Arthur Ransome, die ich rauf und runter gelesen habe. Also machten wir die Landkarten gemeinsam. Auch mit dem Zeichnen von Pferden tat Jules sich schwer. In der Szene kurz vor dem Ende des Buches, in der Milo und die Prinzessinnen vor den Dämonen gerettet werden, erscheinen die Truppen des Königs Abis Zett zu Pferde. Jules' erste Skizzen sahen so aus, als säßen sie auf Katzen.

Nach einer Weile wurde das Ganze zu so einer Art Spiel – sein Bemühen, mich dazu zu kriegen, dass er die Dinge zeichnen konnte, die er mochte, und meine Versuche, mir Sachen auszudenken, die ihm so viel wie möglich zu schaffen machten. In den Gipfeln der Unwissenheit, zum Beispiel, hausen reihenweise Dämonen, die Milo bedrohen. Unter ihnen ist die DDFK, die Dämonische Dreifaltigkeit Fauler Kompromisse: eine ist kurz und fett, eine lang und dünn und die dritte ganz genauso wie die anderen beiden zusammen. Aus irgendeinem Grund hat er sie nie gezeichnet. Jules rächte sich allerdings, indem er mich als Ob-Mann verewigte (auf Seite 18), einen kleinen, feisten und halb verrückten Glatzkopf in einer Toga. Das war mehr als ungerecht, wo doch allgemein bekannt ist, dass ich niemals eine Toga trage.

Wie dem auch sei – an dem Buch über die Stadtplanung habe ich keinen Strich mehr getan, und doch: Viel von dem, was ich mir dafür vorgenommen hatte, findet sich auch in *Die Abenteuer von Milo, Tack und Kackerlack* wieder. Vielleicht werde ich mich eines Tages ja doch noch daransetzen, spätestens, wenn ich mal wieder versuche, mich vor einer anderen Sache zu drücken.

Norton Juster

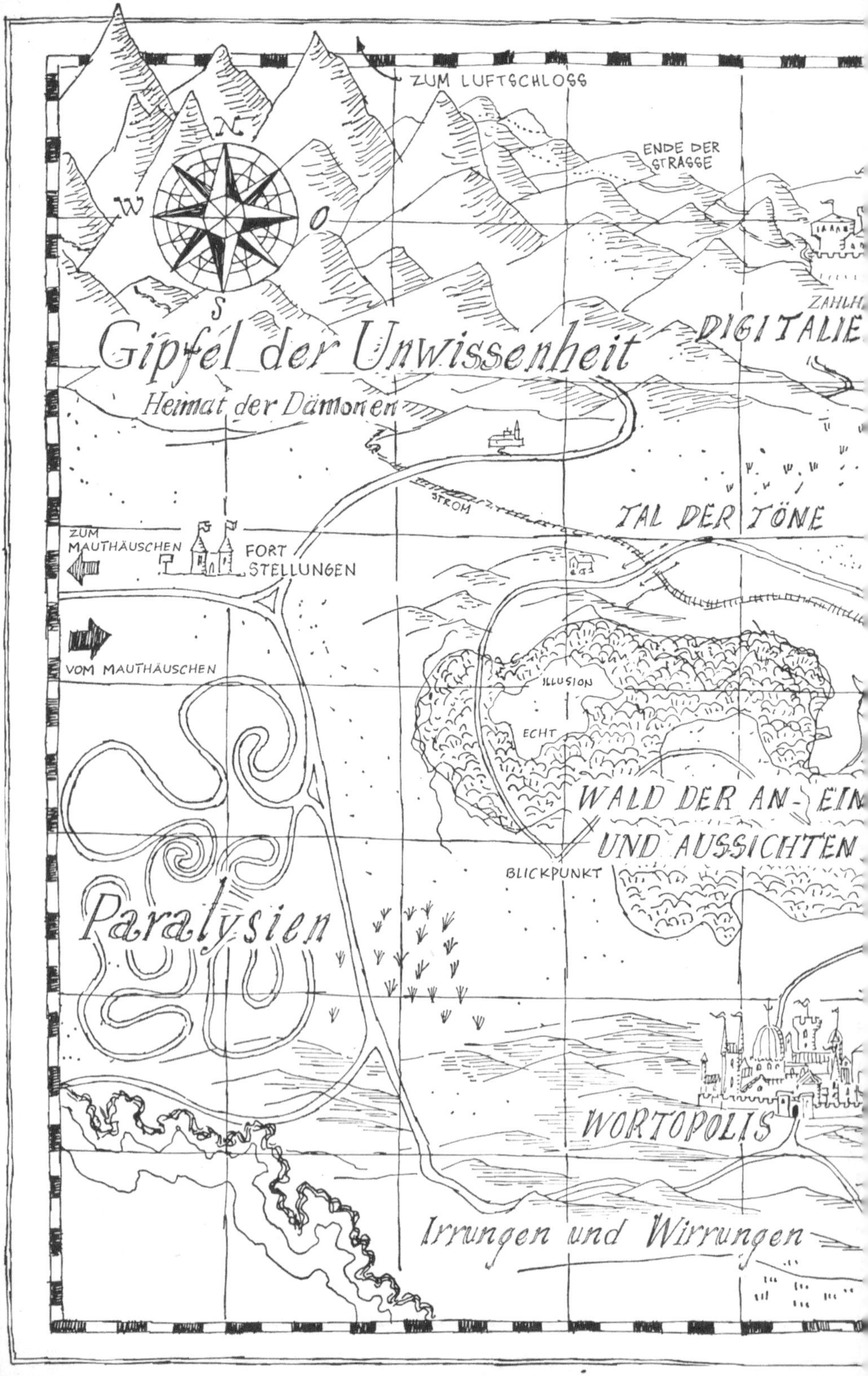
ZUM LUFTSCHLOSS
ENDE DER STRASSE
N
W
O
S
Gipfel der Unwissenheit
Heimat der Dämonen
DIGITALIE
STROM
TAL DER TÖNE
ZUM MAUTHÄUSCHEN
FORT STELLUNGEN
VOM MAUTHÄUSCHEN
ILLUSION
ECHT
WALD DER AN- EIN
UND AUSSICHTEN
BLICKPUNKT
Paralysien
WORTOPOLIS
Irrungen und Wirrungen